강화학개론

빈형 게임 판타지 장편소설

WISHBOOKS FANTASY STORY

강화학개론 7

빈형 게임 판타지 장편소설

초판 1쇄 찍은 날 | 2017년 12월 1일
초판 1쇄 펴낸 날 | 2017년 12월 8일

지은이 | 빈형
펴낸이 | 예경원

기획 | 위시북스
편집책임 | 이규재
편집 | 이즈플러스

펴낸곳 | 예원북스
등록번호 | 제396-2012-000132호
등록일자 | 2012. 7. 25
KFN | 제1-184호

주소 | 경기도 고양시 일산동구 호수로 646-24 위너스21 II 빌딩 206A호 (우)10401
전화 | 031-819-9431 팩스 | 031-817-9432
E-mail | yewonbooks@naver.com

ISBN 979-11-6098-619-8 04810
979-11-6098-321-0 (set)

※ 이 도서의 국립중앙도서관 출판시도서목록(CIP)은 서지정보유통지원시스템 홈페이지(http://seoji.nl.go.kr)와 국가자료공동목록시스템(http://www.nl.go.kr/kolisnet)에서 이용하실 수 있습니다.

강화학개론
빈형 게임 판타지 장편소설
WISHBOOKS FANTASY STORY
7
Wish Books

강화학개론

CONTENTS

Episode 29.

재켄돈시

1

변화가 꼭 나쁘지만은 않았다. 분명 장점도 있었으니까!

—이제 안개 속의 몬스터를 잡아도 안개 각성제가 나오네요?

—드랍률도 괜찮은 거 같음.

—잡기 힘들어서 문제지.

그 장점이 장점으로써 효율을 발휘하지 못할 만큼 유저들에게 닥친 현실이 비참하다는 점만 제외한다면 충분히 긍정적으로 다가왔을지도 모른다. 최적의 환경이기에.

무한히 제공되는 안개 각성제. 공격력이 높고 방어력은 낮은 몬스터들만 24시간 제공되는 사냥터. 적당한 위험부담만 감수하면 이전보다 몇 배는 더 빠른 속도로 레벨 업을 할 수도 있었다.

하지만 지금은 그런 악조건들이 부담으로 다가왔다. 다시 버프를 얻은 몬스터들과 안개의 디버프로 벌어진 격차는 눈에 보이는 수준을 넘었다.

—이건 뭐 넘사네.

—어떻게 하라는 거지? 갑자기 패턴이 왜 이래?

—제가 오늘 죽기 전에 수달 봤는데 덩치가 한 세 배는 커진 것 같아요. 상당히 화나 보이던데. 확실히 저희가 요 몇 주 밀어붙이긴 했나 봄.

—혹시 마지막 페이즈?

—ㄷㄷ 그러고 보니 이거 보스 레이드였지. 와, 판월 메인 퀘스트 스케일 보소. 보스 몬스터가 사냥터 하나를 통제하고 페이즈마다 배경이 달라진다고?

절망과 함께 다가오는 희망. 현실이었으면 점점 어려워지는 상황에 투덜대고 포기하고 절망했겠지만 게임은 아니다.

모든 곳에 출구가 정해져 있는 미로!

아무런 변화가 없는 것보다 점점 더 위기가 닥치고 어렵고 시련의 연속일수록 제대로 된 길을 가고 있다는 증거다. 해서 이전보다 몇 배는 죽어 나감에도 커뮤니티는 불타올랐다.

그리고 그곳의 중심엔 켄지의 부채질이 있었다.

—이제 거의 다 온 것 같습니다. 현재 보스 몬스터 수달은 마지막 페이즈에 돌입한 것으로 보이며, 저희 또한 길드원 대다수가 사망했지만 그 과정에서 수달의 버프나 현재 상황이 영원히 지속되진 않으리라 판단을 했고, 그 원동력에 대해 확인 중입니다. 최소 한 달, 늦으면 석 달 안에는 무조건 클리어할 수 있도록 지속적인 투자를 할 것이며, 저희 원정대 유저분들의 손해는 어떤 식으로든 만회할 수 있게 대책을 마련하고 있으니 걱정하지 마시고 레이드에 힘써주시면 감사하겠습니다.

그야말로 돈지랄.

유저들은 뒤통수를 친 원정대장이라는 타이틀은 깔끔하게 잊고 켄지에게 열광했다.

어쨌든 전쟁의 영웅 아닌가. 홀로 진행되지 않는 영화를 여기까지 이끌어 온.

죽어도 손해를 메워주겠다는데 거대한 블록버스터 영화에 조연으로나마 한 몸 던지며 자신을 알리고 싶어 하는 유저들 입장에선 아쉬울 게 없다.

해서 유저들은 미지의 산맥으로 향했다. 현재 상태가 수달의 폭주고 원동력이 조만간 떨어진다면 잠시 철수하는 게 옳은 판단이지만, 그랬다가 생길 변수에 대비하느니 이런 식으로 유저의 일부를 던져 가며 현 상황을 유지하는 게 낫다.

그게 켄지의 판단. 지극히 이기적이지만 또 돈이 있는 그만이 할 수 있는 방법.

그러면서 켄지가 별동대를 꾸렸다.

"돌아다니며 유저들이 죽고 떨어뜨린 아이템들을 수거합니다."

"네, 길마님."

돈이야 썩어 넘칠 만큼 많은 그이지만 그렇다고 수천이 넘는 유저에게 생돈을 퍼주는 자선 사업가는 아니다.

이번 레이드를 성공시켜 얻을 그의 명성과 이런저런 무형의 이익을 생각하면 그리 나쁘진 않았지만 어쨌든 메꿀 수 있는 부분은 메꿔가며 해야 한다.

위험성이 존재함에도 이곳에 온 유저 대부분의 수준을 생각했을 때 감수해 볼 만한 도전.

켄지 길드원들이 삼삼오오 모여 최대한 기동성을 갖춘 형태로 산맥에 재진입했다.

어려울 건 없을 것이다. 수많은 유저가 죽었고 아이템을 되찾을 새도 없이 안개가 하루 종일 내려앉은 데다가 시도 때도 없이 몬스터들이 이리저리 다니니 이런 상황에서 죽어 떨어뜨린 자신의 아이템을 주우러 갈 유저는 얼마 없을 테니까. 그저 길 잃은 아이템을 주워 오면 그만이다.

그렇게 생각했었다.

"……."

"……길마님, 하나도 없습니다."

"그럴 리가 없습니다. 산맥이 워낙 넓고 안개가 짙어 보이지 않았을 수도 있으니 시간을 길게 잡고 수색을 계속해 보세요. 어차피 대기 시간은 많으니까요."

"예."

그러나 무려 2주라는 시간을 매일같이 산맥 곳곳을 수색했음에도 단 하나의 아이템도 건지지 못했다.

"……."

수달이 어떻게 몬스터들을 강하게 만들었는지에 대한 추측보다도 어렵고 이해되지 않는다.

차라리 그거야 그냥 보스 몬스터니까 그러겠지 하고 납득이라도 가능하지 이건 뭐.

"도대체 왜……."

"혹시 몬스터들이 주워간 건 아닐까요?"

"그럴 거였으면 진즉 주워갔겠죠."

이미 죽은 유저가 떨어뜨린 아이템을 며칠이 지나 어딘가에서 주운 사례가 있다. 그걸 상기해 내고 계획한 일이고. 그런데 이제 와서 없다니?

아무리 안개가 내려앉았다지만 유저들이 돌아다닐 만한 지역은 거기서 거기다.

"……."

답답해도 진실은 찾을 수 없었다. 어쩌겠나. CCTV로 찍어볼 수도 없고. 손해를 메울 방법 하나가 사라진 것에 아쉬워할 수밖에.

"토끼 녀석들, 잘하고 있겠지?"

"그러고 보니 토끼가 안 보이네. 어디 갔어?"

"다 자기 할 일이 있는 거 아니겠니."

"……근 몇 주 못 본 거 같은데."

"산맥에 두고 왔다."

"엥? 왜?"

"왜긴. 광석 팔러 오는데 토끼가 왜 필요해. 만약의 상황에 대비해 빠르게 날아다닐 빼액이만 있으면 되지."

한시민이 태연하게 설명했다. 너무 자연스럽고 당연한 논리에 강예슬이 저도 모르게 고개를 끄덕였다.

"하긴, 놀면 뭐해. 한 푼이라도 더 벌어야지."

그러다 의문이 들었다.

"요즘 그런데 산맥 분위기 장난 아니던데. 괜찮겠어? 아무리 토끼들이 세도 그렇지 그 귀여운 것들이 돌아다니다가 괴물들한테 걸리기라도 하면, 아니, 그것보다 안개가 내려오면 어떻게 해? 오빠 없으면 아무것도 못 보잖아."

토끼 부려먹는 한시민이야 하루 이틀 본 게 아니니까 그러려니 할 수 있지만 이해되지 않는 부분이 한두 개가 아니다. 해결해야 할 기술적인 문제도 존재하고.

게다가 하루 종일 전쟁 방송이 틀어져 있기에 분위기도 누구보다 잘 알 수 있지 않은가.

그런 지옥에서 어떻게 멍청한 몬스터들만 돌아다니며 돈을 벌 수 있지?

할 일 없이 마차에 누워 있어 궁금증을 풀어야 속이 풀리는 강예슬에게 한시민이 손을 내밀었다.

"궁금하면 500골드."

"미쳤어?"

"알았어. 5골드만 줘봐. 누구한테도 말하지 않은 비밀을 말해줄 테니까."

"……정말?"

"어, 설아 씨한테도 말 안 한 거니까 몰래 듣고 싶으면 그렇게 해줄게.”

“오!”

멍청한 강예슬이 의심스러운 눈빛으로 째려보다 이내 속아 동전을 내밀었다. 또 한 번 낚인 호갱의 모습에 만족스럽게 고개를 끄덕이며 곧바로 빼액이에게 동전을 던졌다.

“빼액!”

사라지는 골드. 환불할 수 없음을 의미했다.

한시민이 손가락을 까닥인다. 그러자 마차 안에 있는 정현수와 정설아의 눈치를 보더니 귀를 가져다 대는 강예슬. 그녀의 표정엔 우월감이 가득했다.

비밀이 뭘까! 나만 알고 있어야지.

한시민이 장단을 맞추며 속삭여 주었다.

“내 렌즈 있지? 안개 속에서 볼 수 있게 해주는 거.”

끄덕.

“그거 주고 왔어.”

“……?”

“그리고 말했지. 딴짓 말고 무조건 뭉쳐 다니고 몬스터 냄새가 나면 일단 도망부터 치라고. 그러다 땅에 떨어진 아이템들 있으면 다 주워놓으라고.”

“……!”

충격적인 사실에 강예슬이 헛바람을 들이켰다.

"진짜?"

"응."

"오빠 진짜……."

별것 없는 진실이지만 강예슬은 5골드가 전혀 아깝지 않았다. 말을 이을 수 없는 이유는 뭐라 표현해야 할지에 대한 망설임 때문.

악마라 해야 하나 쓰레기라 해야 하나.

무슨 말을 갖다 붙이든 확실한 것은 남들이 하지 못할 만큼의 돈에 대한 생각을 하고 있다는 것이다.

이런 와중에 잠시 기억에서 잊어도 될 법한 토끼를 활용해 부수입을 챙기고 있다니. 그것도 광산을 털기 위해 전쟁을 일으킨 주제에!

절로 존경심이 샘솟는다. 매번 돈을 게임에 쏟아부으며 회수할 생각 따윈 조금도 않는 강예슬은 결코 시도조차 할 수 없는 그만의 플레이!

하나 그게 끝이 아니었다. 어디까지나 토끼들은 부수입일 뿐. 진짜 장사는 이제부터 시작이었다.

2

근처 왕국이나 그도 아니면 제국에 가져다가 팔면 될 문제를 굳이 시간을 버려가며 먼 왕국, 어쩌면 판타스틱 월드를 플레이하며 한 번도 올 일이 없을 반대쪽 대륙까지 이동한 이유는 하나다.

혹시 모를 상황을 대비하기 위해.

그러지 않을 확률이 더 높았지만 혹시 수달이 켄지 원정대를 물리치고 광석을 쫓아 산맥 밖으로 나오기라도 한다면 근처에 가져다 판 광석들이 문제가 생길 수도 있으니까.

나 몰라라 입을 싹 닫으면 그만이지만 한두 푼 하는 것도 아니고 대량으로 구입할 정도의 상단이나 귀족들과 얽히게 되는 건 귀찮은 일.

이번 건 손해를 조금 보더라도 깔끔하게 털어버리고 머릿속에서 잊는 게 가장 좋다.

해서 최대한 멀리 왔고 주로 거래되는 광석들은 가격을 흥정하지 않고 적정선에서 우선 정리했다.

"황제 폐하의 사위다. 폐하의 명령을 받고 북쪽 산맥에서 구한 광물들을 처분하러 왔다."

"헉!"

일말의 흥정도 없었다. 알아서 상인들이 적당한 가격을 쳐주었을 뿐.

한시민이 내미는 패에 주눅이 든 상인이었지만, 워낙 양이 많은지라 이익을 조금씩만 남겨도 함박웃음이 절로 나오는 거래이기에 서로가 만족하는 윈윈 거래가 되었다.

그렇게 세상에 알려진 광석들은 모두 팔았다. 하나의 광산에서 나오는 금액이 금만큼 비싸지는 않았고, 미스릴 같은 종류는 아쉽게도 없었음에도 수중에 들린 골드와 전표가 무려 35만 골드!

"흐흐."

실없는 웃음이 절로 나왔다. 이건 빼액이에게 절대 뺏길 일이 없는 돈이다. 영지에 대충 한 10만 골드 던져 준다 해도 무려 25만 골드의 여유가 생기고, 무엇보다 아직 정체를 알 수 없는 광석이 한 보따리 남았다. 무지개 광석까지 가져왔다면 두 개겠지만…….

아쉬움은 뒤로하고 한동안 대장간을 돌며 수소문한 결과.

"3대를 이어온 대장장이지만 모르겠습니다. 부끄럽지만, 근처 나일론 산맥 깊숙한 곳 드워프들이 살고 있는데 그곳에 가 보시는 게 어떠십니까?"

['드워프의 흔적'을 수락하시겠습니까?]

"감사합니다."

10골드로 얻은 퀘스트다. 값어치를 알 수 없어 내다 버린 돈이 된 게 아쉽기는 하지만 드워프까지 나오는 마당에 기대는 조금 상승했다.

당연히 망설이지 않고 여유로워진 마차를 끌고 나일론 산맥으로 향했다.

가는 길은 어렵지 않았다. 포장된 길은 아니었지만 이곳 역시 유저가 많이 활동했고, 커뮤니티를 검색해 봐도 깊숙한 곳까지 가는 게 문제지 산맥 자체는 꽤 괜찮은 사냥터라 알려져 있었으니까. 그저 좌표를 따라가면 되었다.

깊숙이 들어가다 만나는 몬스터야, 뭐.

"때려잡지."

그래 봤자 미지의 산맥 몬스터보다 강하겠나.

자신감 넘치는 발걸음은 의외로 초입에서 막혔다.

"여긴 카이저 길드가 통제하는 사냥터입니다. 돌아가세요."

"……?"

사냥터 통제.

아인 왕국에선 쉽게 찾아보기 힘든 개념이다. 물론 찾아보면 아예 없진 않겠지만 상위 사냥터의 독점은 단언컨대 없다.

이유는 하나다. 상위 길드가 하지 않으니까.

여기서 상위 길드라 함은 판타스틱 월드를 통틀어 레벨 랭킹 1, 2, 3위를 먹은 스페셜리스트와 아쉽게 4위로 뒤처졌지만 엄청난 현질과 그를 보좌하는 훌륭한 게이머들을 바탕으로 비공식 길드 랭킹 1위라 소문이 자자한 켄지 길드.

앞으로 나아가는 그들은 절대 사냥터에 연연하지 않는다. 스페셜리스트는 워낙 소수라 통제할 사냥터가 필요 없고 레벨이 압도적으로 선두라 매번 개척하는 사냥터에서 홀로 독점하고 켄지 길드는 그들에게 맞는, 유저라곤 찾아볼 수 없는 사냥터를 찾아 효율적으로 필요한 경험치만 빨고 빠르게 다음 사냥터로 이동하기 때문.

원한다면, 필요하다면 얼마든지 통제할 준비가 되어 있는 두 길드이기도 하다. 하지만 지금까진 그럴 필요성을 느끼지 못했으며 미지의 산맥에서 역시 마찬가지. 그런 그들을 보며 지내온 아인 왕국의 유저들과 길드의 인식은 사냥터 통제와 같은 개념이 약했다.

그게 손해라 생각하며 일부 돈을 위해 사냥터를 통제하는 어중간한 길드들은 유저들의 반발과 각종 커뮤니티에 올라오는 저격으로 쉽게 해체되거나 공격받아 사라졌다.

일종의 지역 문화다. 해선 안 된다는 법은 없지만 하지 말자고 약속한.

만약 상위권 길드들이, 자신의 의지를 굳건히 다질 법한 세력이 커뮤니티나 일반 유저들의 말에도 연연하지 않고 흔들리지 않고 해왔다면 말은 달랐을지도 모르지. 하나 그러지 않았고 그렇게 흘러왔다.

하지만 여긴 아닌가 보다.

"웬 통제요?"

"카이저 길드가 먹은 사냥터니 돌아가 주시면 감사하겠습니다."

"……."

너무나 당당하게 그리고 뻔뻔하게 내뱉는 말에 대꾸하던 정설아의 말문이 막혔다.

길마로서 그래도 길을 열기 위해 나왔는데 이렇게 막히는 건가.

어차피 산맥 깊숙한 곳에 있을 드워프를 찾는 것이니 돌아가는 거야 어렵지 않지만 어이없는 건 어쩔 수 없었다.

"혹시 사냥하실 거면 제 개인 재량으로 아름다우신 유저분은 어떻게 자리 하나 마련해 드릴 수는 있을 것 같습니다. 저와 밥 한 끼 할 시간을 내주신다면 편의를 봐드리겠습니다."

거기다 내뱉는 저질스러운 멘트까지!

길드를 등에 업은 자의 패기에 함께 사냥터 입구를 지키던 또 다른 유저가 웃으며 친구의 등을 쳤다.

물론 웃음은 잠시. 들려오는 개소리에 마차에서 고개를 빼꼼 내민 정현수가 그 광경을 봐버렸다.

"뭐 하는 개자식들이지?"

"뭐?"

"우리한테 하는 말?"

다짜고짜 시비를 걸어버리는 클라스!

뒤이어 한시민과 강예슬도 따라 나왔다.

"오빠, 팝콘 있어?"

"5골드."

흥미진진해질 게 분명한 상황에 어찌 마차 안에서 노가리나 까고 있단 말인가. 이럴 땐 나서서 상황을 크게 만든 뒤 싹 벗겨 먹는 게 평소 한시민 스타일이지만 이번엔 뒤에서 구경하기로 했다.

굳이 나서지 않아도 될 것 같다. 자신의 여동생에게 쏟아지는 음흉한 눈빛에 화가 난 정현수가 나섰으니까. 그가 나서는 것보다 훨씬 빠르고 효율적으로 판이 커지리라.

그리고 그 예측은 곧바로 현실이 되었다.

"뭐, 뭐야."

"뭐긴, 새끼야. 선빵이지."

190의 거대한 덩치로 다가가 그대로 방패를 내려친다.

문답무용! 일단 말발로 상대를 혼란스럽게 하고 분위기를 자신에게 가져오는 한시민의 스타일과는 반대되는 정현수의 방식!

다가오는 것만으로 압박인데 레벨, 아이템, 모든 게 압도적이다.

"크헉!"

자연스럽게 한 번에 빈사 상태에 빠지는 유저. 입구나 지키는 유저가 정현수의 공격을 막아낼 수 있을 리가 있나. 동시에 옆에서 놀란 표정을 지우지 못하는 유저도 응징한다.

"와우, 오빠. 완전 쿨해."

"역시. 대단하시네."

뒷일 따위 언제든 해결할 수 있다는 자신감!

한시민으로서는 감히 상상도 하지 못할 마인드다. 어떻게 저렇게 막무가내로 일을 벌인단 말인가.

무엇이 다가와도 돈이 있으니 당당한 거겠지.

그런 모습에 정설아가 고개를 저었다.

"하아."

제삼자 입장에서야 멋있는 오빠의 뒤태니 뭐니 감동받겠지만 그냥 알았다고 돌아서 가면 되는 일을 복잡하게 키우는 게 마냥 달갑지만은 않다.

무엇보다 여긴 그들의 영역이 아니지 않은가. 다른 왕국에서 와 깽판을 치고 갔다고 소문이 나서 좋을 게 하나도 없다. 여론 따위 신경 쓰지 않다고 해도 게임이란 원래 적이 한 명이라도 적을수록 편한 법.

하지만 뭐라 하지 않았다. 어차피 여기 문지기나 강현수나 둘 다 설득해서 통할 상대는 아니었다. 게다가 돌아가는 길을 알지도 못하고.

그녀는 이런 스타일을 마다하는 편도 아니다.

"가죠, 일단."

"오예, 오랜만에 팝콘이다!"

"역시 형님. 대단하십니다. 일을 만들어내시네."

"……너한테 들을 말은 아닌 것 같은데."

일은 이미 벌어졌다. 게임 판타지 소설에나 나올 법한 뻔한 설정과 상황과 대처. 당연히 미래가 훤히 보이지만 스페셜리스트는 그냥 전진했다.

"왜 소설에서 주인공이 이럴 때 그냥 돌아가면 별일 안 생기는데 무식하게 쳐들어가서 일을 벌이는지 알겠네."

"왜?"

"재미있잖아. 부수입도 짭짤하고."

가장 중요한 이유는 역시 그래도 된다는 거겠지만.

사냥터를 통제하는 길드, 그리고 그걸 쳐부수는 영웅들.

시비를 누가 걸었든 중요한 게 아니다. 이곳 유저들이 누구의 편을 들어주겠는가.

한시민의 머릿속에서 드워프가 잠시 잊혀졌다. 드라마 본편에서 벗어난 느낌이 없잖아 있지만 이런 외전마저 돈이 된다면 재미있게 시청할 준비가 되어 있었다.

'조금 아쉬운 부분이야 조미료 좀 쳐서 메꾸면 되지.'

슬슬 길을 막는 유저들을 보며 방송을 켰다.

3

대부분은 기다리던 시청자들이었다.

켄지가 진행하는 대규모 전쟁에 한시민은 또 어떤 기상천외한 방법으로 돈을 벌지 궁금해하던 사람들.

치고받고 싸우는 뻔하디뻔한 전략 전술 말고 기가 막힌, 허탈한 웃음이 나오는 한시민만의 플레이.

너무 늦게 켜졌지만 모두 달려와 주었다. 어디서 무엇을 하다 왔는지 묻지도 따지지도 않고 일단 광고부터 봐야 하는 건 여전했지만 그런 광고마저 푸근하게 느껴졌다. 켜졌다는 것에 의의를 두기로 했다.

―켄지 방송에선 안 보이던데. 어디서 몰래 보스 레이드하고 있는 거 아님?

―스페셜리스트도 같이 안 보이던데. 그럴 수도.

―혹시 마지막 페이즈 넘어간 거 설마…….

기대! 광고가 넘어가고 보이는 화면에 얼마나 놀라운 장면이 펼쳐져 있을지에 대한 관심!

켄지 방송에 몰려 있던 시청자들이 일순 쭉 빠졌다. 물론 빠져도 눈에 띄지도 않을 만큼 현재 방송을 시청하는 전 세계의 시청자는 많다. 기껏해야 수천. 입소문을 타 1만을 향해 치솟아도 십만 단위의 방송에는 타격이 없다.

다만 지분이 조금 나눠질 뿐이다. 온통 켄지 방송에 관심이 집중되었다면 이제는 한시민의 시점까지 재조명된다.

그런 관심들이 가장 먼저 본 장면은 안개가 자욱하게 깔린 전장이 아닌 그냥 평범한 녹색 숲과 한 무리의 유저였다.

"뭐냐? 너희가 감히 우리 사냥터를 무단으로 침입한 놈들이냐?"

그리고 그들은 아주 평범하고 단순하고 유치한 멘트를 던졌다.

-??????????

-엥?

-응?

어떤 의미에선 그 어느 방송보다 임펙트 있는 시작이었다.

휴식이랄까. 하루 종일 피 튀기는 전쟁터, 밀리는 유저들만 보던 시청자들에겐 꿀맛 같은 단잠, 혹은 드라마.

"너희 어디 길드 소속이냐."

"우리? 스페셜리스트다!"

이번엔 앞으로 나선 한시민의 당당한 선언.

"푸흡. 그건 어디 듣보 길드냐. 어이가 없군. 그런 주제에 감히 우리 카이저 길드를 건드리다니."

"너희는 뭐 있냐?"

"듣보에게 굳이 설명해 줄 가치도 못 느끼겠는데?"

"하!"

이어지는 티격태격.

–뭐 하는 거냐?

–여기서 뭐 함?

–얘들은 뭐임? 안개는 어디 가고 몬스터들 대신 듣보들이 길을 막고 있음?

–스파이인가?

감을 못 잡는 건 시청자들 역시 마찬가지. 그러는 사이에도 이야기는 진행됐다.

"어쨌든 살아 돌아가고 싶으면 인당 죽은 유저들 몫까지 20골드씩 내라. 길게 말하기 싫다."

"고작 20골드?"

"고작? 가진 건 쥐뿔도 없어 보이는 게 뒤에 부자들한테 업혀가는 주제에 말이 제일 많네."

적절한 타이밍에 오라를 비활성화로 해놓은 한시민의 한 수!

코웃음 치는 그에게 한시민이 개의치 않고 말했다.

"그럼 60골드 줄 테니까 드워프 어디 있는지 안내해 줘."

"드워프? 그런 게 여기 있다고?"

"산맥 깊숙한 곳에 있다던데?"

"……처음 듣는 이야기인데."

"뭔 사냥터 통제하는 길드가 그런 것도 몰라? 너희야말로 사실 듣보 아니야?"

"개소리! 거짓말하지 마라."

말려드는 유저를 위해 퀘스트까지 공유해 준다.

"헉!"

그러자 흔들리는 카이저 길드 마스터의 동공.

"어때? 사실 여기 레벨이 좀 높다고 해서 걱정되긴 했는데. 60골드에 10골드 더 얹어줄 테니 같이 퀘스트 깨는 건?"

"……."

한동안 말이 없었다.

—여기서 고민하는 건 뭐하는 빡대가리냐?

—아니, 니네 길드원 죽었다며.

—70골드면 흔들릴 만도 하지. 거기다 드워프 관련 퀘스트면.

—그럼 미지의 산맥이 아니라 여기 있는 이유가 드워프 퀘스트 받아서임?

—ㄷㄷ 대박이네. 판타스틱 월드에 드워프 있다는 건 처음 듣는데.

—저 대장장이인데 저도 처음 들음.

시청자들도 어이없는 전개에 슬슬 적응하기 시작했다. 그러자 재미를 느꼈다.

재미가 있을 수밖에 없다. 원래 막장 드라마란 게 그런 법이다. 황당하고 말이 안 되고 어이가 없지만 자꾸만 보게 되는.

이 전개가 어디로 튈지 궁금하다. 그게 10만 원짜리 막장 드라마란 게 문제긴 하지만 이미 지불하지 않았던가.

"좋습니다."

—거기서 좋습니다가 나오네.

—……나 여기서 뭐 하냐. 켄지 방송도 켜놓긴 했는데 자꾸 이것만 보고 있다.

—저기 지금 이거 뭐 하는 상황인지 설명 좀 해주실 분?

—저 이 왕국 유저인데 저 길드가 카이저라고 아주 꿀사냥터 독점하고 유저들 등쳐먹는 개 쓰레기 길드임. 아인 왕국하고는 대륙

정반대에 있는데 왜 저기서 얽히고 있는지 모르겠지만, 아니, 왜 둘이 손을 잡고 퀘스트를 하는 거지?

그러거나 말거나 수락하는 카이저 길드 마스터의 모습에 한시민은 당당히 마차에 탔다.

"아니, 돈은……."

"무슨 돈이요?"

"……70골드."

"가서 드릴게요. 먹고 배 째라 식으로 달려들면 솔직히 어떻게 막아요."

"……."

여기까지 입구에 서 있는 유저들을 때려 부수고 들어온 기세론 충분히 막고도 남을 것 같은데.

그것만은 길드의 자존심 때문에 용납하지 못하는 카이저 길마가 찝찝한 표정으로 고개를 끄덕였다. 그리고 얼떨결에 사냥터를 통제하던 카이저 길드 전체가 움직이기 시작했다. 등급 S, 드워프 퀘스트를 수행하기 위해, 아니, 수행해 주기 위해.

4

어디까지나 게임이니까 가능한 일이다. 가족이나 다름없는 길드원을 죽였음에도 돈 몇 푼과 쉽게 얻을 수 없는 희귀 퀘스트에 원수와 손을 잡는 일.

어차피 다시 살아나기에, 원수를 죽여봐야 분노와 고통과 두려움을 느낄 일도 없기에.

이를테면 감정 낭비다. 그런 과정에서 길드의 단합이 이루어지고 유지되는 것이라 피할 수는 없지만 거기에 80골드라는 거금이 투입된다면 말은 달라지는 법.

"이리로 가는 게 맞나요?"

"글쎄요. 길은 잘 몰라서."

기묘한 조합이 서로 다른 생각과 함께 산맥 깊숙한 곳으로 향했다.

'80골드 받고 저 광석들을 빼앗으면서 드워프 퀘스트까지. 완벽하네.'

카이저 길드 마스터의 속셈!

처음부터 이럴 생각은 아니었다. 80골드만 해도 충분히 길드 전체가 움직일 가치가 있다고 느꼈을 뿐. 나중에 골드 받고 동료의 복수를 해도 늦지 않고.

하지만 움직이며 드워프 퀘스트 수락 과정에 대해 듣고 보니 은근슬쩍 양아치 본색이 드러났다.

뒤통수 치고 다 해먹자!

현실에서도 돈이라면 눈알이 뒤집히는 사람이 많은 판국에

게임에서야 두말할 것 없는 이야기.

오죽하면 판타스틱 월드에선 가족에게도 아이템을 맡기지 말라는 말이 있다. 반쯤 농담임에도 그만큼 현실감이 넘치고 모험가들에 대한 인식이 옅기에 사기에 대한 보호를 받기 힘들다는 뜻.

그렇기에 카이저 길드 마스터는 당연히, 원래 그래야 한다는 듯 계획을 짜고 길드 대화를 통해 길드원들에게 공지했다.

길드원들도 환호했다.

"인간 대장장이들도 모르는 광석이라니. 거기에 드워프까지 얽히면 비싼 거 아니에요?"

"와, 대박이네. 딱 봐도 어중이떠중이 유저인데 어떻게 구한 거지?"

"판월엔 원래 이상한 짓 하려고 캡슐 사는 사람 많잖아. 저 뒤에 세 명도 그거 노리고 합류한 거 같은데."

"길마님, 이거 우리도 분배받는 거 맞죠?"

"당연하지."

뜻밖의 수확에 누가 양심을 앞세워 그런 나쁜 짓을 하지 말자고 나서겠는가.

애초에 카이저 길드는 사냥터나 통제하고 유저들에게 푼돈이나 뜯어가며 게임을 즐기는 자들이 모인 곳.

그런 그들을 불쌍한 표정으로 쳐다보는 스페셜리스트.

그리고 흥미진진한 방송 컨텐츠에 광고를 마구 틀며 만족스러운 웃음을 짓는 한시민.

한참을 걸어 결국 도착했다. 드워프들의 마을에.

두 가지 이유로 묘한 긴장감이 맴돌았다.

하나는 입구를 지키는 땅딸막한 드워프가 수십의 인간을 보고 무기를 든 채 경계했기 때문이고, 또 다른 하나는 슬슬 작전을 시행할 때가 왔기 때문.

'언제 칠까?'

카이저 길드 마스터는 고민했다. 진짜 그들이 통제하던 사냥터 너머 드워프들의 마을이 있었다니.

놀랍지만 지금 이런 놀람은 큰 도움이 안 된다는 사실을 빠르게 파악하고 어떻게 해야 최대의 이익을 취할 수 있을지에 대한 것만 생각했다.

중요한 것은 한시민과 나눠야 할 이익을 독식하는 것!

그야말로 도둑놈 심보.

'지금? 아니야.'

최대한 빠르고 정확하고 깔끔하게 처리해야 한다. 괜한 말이 나오기 시작하면 안 그래도 별로인 길드 이미지가 나락으로 추락한다. 물론 이미지야 상관없지만 괜히 시간을 길게 끌어 일이 틀어지기라도 한다면 아쉬움을 금치 못할 것만 같았다.

해서 신중했다. 그리고 판단했다.

'아직은 아냐.'

여긴 드워프들의 본거지다. 아직 그들조차 쉽게 들어갈 엄두를 내지 못하는 산맥 깊숙한 곳에 살고 있는 NPC이며, 또 어떤 함정이나 방어 시설이 설치되어 있을지도 모르는 상황에서 입구부터 깽판을 친다면 실패할 확률이 상당히 높다.

당장 드워프들의 마을에 무혈입성할 수 있는 기회를 놓치지 않는 게 좋다.

판단과 함께 한 걸음 물러섰다.

"전 마을에서 드워프님들과 인연이 닿은 인간 대장장이의 추천을 받고 왔습니다."

"칼로 말이냐?"

"네, 이 광석을 우연히 구하게 되었는데 어디에 쓰는 것인지 수소문하다가 드워프님들이라면 알 거라고 하더군요."

그러는 사이 한시민은 드워프들과 대화를 시도했다. 잘 쓰지 않는 존대까지 섞으며 최대한 경계를 누그러뜨린다.

그게 통했는지 경계하던 드워프 하나가 슬쩍 앞으로 나서며 한시민이 마법 주머니에서 꺼낸 광석을 받아 든다.

"헉!"

들이켜는 숨, 돌아가는 눈동자.

한눈에 봐도 이건 범상치 않은 광석임을 증명해 주는 제스처에 한시민의 표정이 밝아진다.

역시!

"자, 잠시만 기다려라."

드워프가 떨리는 손을 부여잡으며 서둘러 마을 안으로 뛰어 들어갔다.

자연스레 두 손을 모으고 공손하게 서 있던 한시민의 자세가 변했다. 짝다리에 허리로 향하는 두 손.

"수달 녀석, 그렇게 날 괴롭히더니 결국 이런 식으로 선물을 주는구나."

괴롭힌 건 한시민이고 이 도둑놈이 결국 다 털어왔음에도 대륙 반대편에 있다고 뻔뻔하게 내뱉는 말이란!

벼락부자가 될 생각에 얼마나 나올까 고민하는 그에게 카이저 길드 마스터가 다가왔다.

"들어갈 수 있는 겁니까?"

"예, 준비는 되셨죠?"

"예?"

동시에 진행되는 인간들만의 은밀한 대화.

"'예?'라뇨. 퀘스트 들고 드워프 마을까지 왔는데 그냥 퀘스트만 하고 돌아갈 생각이었어요? 판타스틱 월드에서?"

"……."

"우선 광석부터 팔아치우고 돈 챙긴 다음에 바로 드워프들 공격하죠. 그럼 개이득 아니겠습니까?"

"어……."

그렇긴 한데.

뒤통수 칠 타이밍만 재고 있던 카이저 길드 마스터가 벙 쪄서 고개를 끄덕였다.

뭐지, 이 인간?

알아서 판을 깔아주니 고맙긴 한데 직접 들으니 찝찝하기 그지없다. 마치 한통속 같다고 해야 할까. 이렇게 친절하게 떠다 먹여주다니. 그냥 같이 나눠 먹을까? 하고 순간 혼란이 생길 정도.

잠시 고민하던 카이저 길드 마스터가 일단 고개를 끄덕였다. 한시민에 대한 처분은 나중에 하기로 하고 우선은 눈앞에 차려진 밥상부터 챙기기로 했다.

"들어와라."

그리고 잠시 뒤, 몰려오는 수십의 드워프와 족장의 말.

한시민을 필두로 유저들이 걸음을 옮겼다.

"아니, 너만 들어와라."

물론 쉽진 않았다. 단호하게 한시민만을 향하는 짧은 손가락. 카이저 길드 유저들의 인상이 찌푸려졌다. 살벌해지는 분위기.

터져도 이상하지 않을 상황에 한시민이 나섰다.

"잠깐, 잠깐!"

알아서 하겠다는 듯 카이저 길드 마스터에게 윙크를 날려주며 드워프들에게 다가가 뭐라 속삭였다. 그러자 족장 드워프가 인상을 찌푸리더니 이내 대기 중인 카이저 길드를 훑었다.

그리고.

"들어와라."

입장 허가가 떨어졌다.

5

설득은 그리 어려운 일이 아니었다. 원래 쓰레기 생각은 쓰레기가 가장 잘 안다고 그중에서도 핵폐기물인 한시민이 어떻게든 푼돈이나 벌어보겠다고 뭉쳐 다니는 재활용 쓰레기들의 생각쯤 읽는 것은 식은 죽 먹기였으니까.

아주 기본적인 패턴이다. 돈에 혹한 척 합류하며 뒤통수치는 것.

굳이 이런 상황이 아니더라도 평소 게임을 조금만 해보았다면 모르는 사람들과 파티를 매칭해 사냥을 갈 때도 많이 벌어지는 일.

그런 그들의 생각을 드워프에게 말해주었을 뿐이다.

“저들은 중간에 만난 이들인데 드워프님들을 만난다는 사실을 알고 저희를 협박해 온 이들입니다. 마을 안으로 들어가면 금방 약탈자로 돌변할 겁니다. 그러니 다 같이 안으로 들여보내 주시지요.”

“……그런데 왜 안으로.”

“저런 악의 무리를 그냥 되돌려 보낼 순 없지 않습니까. 저와 제 동료들은 사실 굉장히 강합니다. 드워프님들을 욕보이고 감히 마을을 침범하려고 하는 저들을 한 놈도 빠짐없이 죽여 다시는 그런 불순한 생각을 하지 못하도록 보여드리겠습니다.”

생각해 보면 말의 앞뒤가 맞지 않는다. 협박당해 어쩔 수 없이 데려왔다는 주제에 물리치겠다니. 그런 힘이 있었으면 데리고 오지 않았으면 그만이다.

게다가 모험가들은 죽어도 죽지 않는 존재. 마을의 위치를 파악한 이상 끝없이 귀찮게 굴 수 있다.

“음, 알았네.”

하지만 드워프들은 그런 논리적인 판단을 할 겨를이 없었다. 일단 그들 자체도 상당한 전투력을 보유하고 있고 인간들은 약해빠진 모험가라는 편견이 있는 데다가 당장 눈앞에 쥐어진 광석이 은은한 에메랄드빛을 뿜어내고 있었기 때문!

빨리 얼마나 많은 광석이 있는지 보고 분석하고 제련하고 싶다.

"들어와라."

그렇기에 인간의 요청을 들어주었다.

넓고 개개인의 대장간을 보유한 마을 한복판에 들어서자 한시민이 신호를 보냈다. 여기저기 널려 있는 드워프제 무기와 방어구들을 보며 눈이 반쯤 뒤집힌 카이저 길드가 냅다 미끼를 물었다.

검을 뽑는 소리가 마을을 뒤흔들었다. 지리라는 생각은 없었다. 유저들의 원성에도 불구하고 사냥터 하나를 독점해 통제하는 카이저 길드는 분명 인성은 문제가 많지만 그만큼 실력과 머릿수는 확실하다는 뜻이니까.

그들의 착각과 드워프들의 자신감이 만나 어색한 분위기를 연출했다.

그 사이에서 그나마 중립이라 할 수 있는 스페셜리스트가 슬쩍 한시민에게 향했다.

어색한 분위기 속 자연스럽게 움직이는 셋에게 모든 시선이 쏠렸다. 그 끝엔 한시민이 있었다.

그가 말했다.

“역시! 처음부터 이럴 마음으로 접근한 거였군! 의심하고 있지 않았다면 당할 뻔했어.”

“……?”

“정의의 이름으로 너흴 용서하지 않겠다!”

한시민 본인도 이게 무슨 개소리인지 이해하지 못한다. 그냥 뇌를 거치지 않고 입 밖으로 튀어나오는 말들을 필터링하지 않고 통과시킬 뿐.

중요한 건 논리가 아니니까. 중요한 건 드워프들로 하여금 그에 대한 경계를 풀게 하고 마을을 공격하려는 인간들을 물리친 인간이라는 타이틀 하나기에.

가장 앞에 나선 한시민이 망치를 들고 뛰어들었다.

카이저 길드 마스터 입장에선 어이가 없는 전개지만 어쩌겠나. 인생이 다 그런 거지.

어느새 진홍빛 찬란한 오라를 뽐내는 한시민의 망치가 전장을 휩쓸었다. 한동안 레벨이 워낙 높은 몬스터들과 부대끼며 별다른 위엄을 보이지 못했지만 사실 동급 레벨 유저들에겐 한없이 오버 밸런스인 장비들!

혼자 하나의 길드를 박살 내는 것쯤이야 벌써 반년 전 졸업한 분야.

“40골드 주면 살려줄게.”

그 와중에 삥을 뜯는 것도 잊지 않았다. 그저 한시민이 가던 길에 있는 사냥터를 우연히 통제하고 있다는 이유만으로 수천 명의 시청자 앞에서 공개 처형당했다.

"40골드 주면 살려준다고……."

"그걸 믿냐."

억울하게.

하지만 그보다 억울한 건 따로 있었다.

"너희에게 당했던 유저들의 울분을 대신 복수해 주는 거다, 인마. 착하게 살아. 불만 있으면 아인 왕국 리치 영지로 돈 많이 싸 들고 영지전 신청하러 오든가."

같은 쓰레기끼리 마치 자신은 정의의 사도인 양 말하는 저 얍삽함!

뭐라 반박하기도 전에 카이저 길드 마스터의 시야가 깜깜해졌다.

6

이보다 처참한 학살은 없다. 보는 이들이 저건 좀 아니지 않나 싶은 마음을 가질 정도의 압도적인 격차.

드워프 마을엔 수많은 드워프가 있었고 스페셜리스트까지 나서지 않았음에도 보이는 격차는 누구라도 그런 생각을 하게 만든다.

"……매번 볼 때마다 사기다, 진짜."

그리고 누구도 부정할 수 없다.

"컨트롤이고 뭐고 그냥 때려 부수는구나."

부정할 이유도 없다. 그나마 그게 보는 입장에선 기가 차 죽을 상황만큼은 막아주는 최후의 대비책이니까.

그래도 저 사람은 컨트롤까지 가지지는 못했구나. 신은 공평하구나.

물론 어디까지나 자기만족을 위한 합리화일 뿐이다. 객관적으로 보자면 한시민은 꼭 피해야 할 공격은 피하고 있었고, 확실히 정설아만큼의 컨트롤을 보여주지는 못하지만 일반인 이상의 게임 센스는 갖추고 있다는 걸 보란 듯 보여주고 있었기에.

그게 장비 때문에 묻힌다는 게 문제였지만.

"후아! 오랜만에 몸 좀 풀었네."

무엇보다 이런 상황이 벌어진 가장 큰 이유는 카이저 길드의 수준이다. 켄지 길드와 같은, 수많은 유저를 데리고 사냥터를 차지하고 사냥하는 식의 길드지만 애초에 지원되는 금액과 길드원들의 마음가짐 자체가 다르다.

어슬렁어슬렁 게임에서 용돈 벌이나 하면서 레벨도 올리고 싶을 때 올리는 이들이 하루 20시간 이상 게임만 하며 모든 행운이란 행운은 다 가져간 듯한 느낌으로 스펙 업 하는 한시민을 어떻게 이긴단 말인가.

게다가 근래에 레벨도 많이 올려 큰 격차가 나는 것도 아니다. 아니, 오히려 한시민보다 낮은 이들도 있을 것이다.

게임을 즐기는 건 죄가 아니지만 힘도 없으면서 다른 이들을 핍박하는 건 죄다. 해서 한시민은 냉정하게 다 죽이고 아이템도 챙기고 죽이기 전에 삥까지 뜯었다.

"……."

거기에 더해지는 드워프들의 감탄스러운 시선까지.

저들이 싸웠어도 결과는 다르지 않았을지도 모른다.

하지만 드워프들은 인간들과의 교류가 별로 없다. 어쩌면 부족 드워프 한둘이 죽었을 수도 있다는 생각은 한시민에 대한 약간의 고마움이라도 만들어낼 것이다.

"하던 얘기나 계속하시죠?"

"아!"

더해지는 광석에 대한 호감은 말할 것도 없고.

한시민과 스페셜리스트를 대하는 태도가 달라졌다. 아니, 그건 애초에 광석에 대한 존경이었다.

"이걸 어디서 구하셨습니까?"

드워프 족장의 존대!

의심스러운 눈빛으로 한시민을 훑는 게 느껴지는 순간, 한시민은 눈치챘다.

'날 드래곤으로 보나?'

뻔하디뻔한 소설에나 나올 내용이고 말도 안 되지만 게임 설정이니 그럴 수도 있다. 그가 들고 있는, 수달이 만들어낸 광산의 광석이 어디에 쓰이는 것인지는 모르지만 적어도 드워프들의 태도를 보면 범상치 않다는 것쯤은 눈칫밥으로 알 수 있으니까.

해서 약간 약을 쳐 보기로 했다.

"내 레어에서 구했다."

"……!"

뒷짐을 지고 턱을 약간 치켜세우며 하늘을 본 뒤 근엄하게 내뱉는 한마디.

진짜 속을까.

어차피 밑져야 본전이기에 내뱉은 말이다. 긴가민가해 보이는 드워프들을 흔들어 보기 위한 말이기도 하고.

게다가 딱히 틀린 말도 아니다.

'수달의 보금자리가 내 보금자리니까.'

수달이 들었다면 통곡을 했을 생각이지만 드워프들은 그의 거짓말에 반응했다.

"혹시……."

"어허, 유희 중이니 격식은 됐다."

"……헙!"

판타지 소설을 한 번만 읽어봤으면 알 수 있는 뻔한 거짓말에 바늘로 찔러도 피 한 방울 흘리지 않을 것 같은 땅딸보가 겁을 먹고 뒷걸음질 쳤다.

혹시나 싶었다.

"이 광석은……."

"예, 수백 년 전, 전대로부터 내려오는 미스릴테인입니다."

보초를 서던 드워프가 헐레벌떡 달려와 내미는 광석을 보면서도, 족장에게만 내려오는 드래곤 장로에게 하사받은 광석과 비교해 조금도 다르지 않다는 사실을 확인하면서도.

혹시 모르는 일이니까.

대륙은 넓고 광석도 많다. 드래곤이 아니라 어디서 주워 온 인간일 수도 있다는 가능성을 생각했다. 그래서 일부러 반말을 했다. 평범한 인간을 대하듯.

다행히 반말에 별다른 반응을 보이지 않았고 오히려 존대를 해주며 같이 온 인간들에 대한 발고까지 했다. 거기서부터 의심이 들었다.

'도대체 왜?'

드워프는 바보가 아니다. 다른 드워프들이야 광석에 눈에 팔려 그렇게까지 깊게 생각하지 못하는 듯했지만 족장은 다르다.

그는 마을을 지켜야 하는 존재!

수백 년 전 드래곤들이나 쓰던 광석이 자신들의 손에 들어왔다는 것보다 그걸 가져온 존재가 왜 여기에 온 것인지에 대한 의문을 풀어야 했다.

그렇게 초점을 잡으니 이상했다. 그냥 내뱉은 한시민들의 말들이 그에겐 하나같이 의미를 갖고 다가왔다. 그건 홀로 진홍빛 오라를 번쩍이며 같은 인간들을 모조리 죽일 때 확신으로 변했다.

'어쩌면…….'

드래곤이 맞을 수도 있겠구나!

신화급 장비를 보유한 인간이라니. 말도 안 되지 않은가.

긴장은 고조됐다. 그럼에도 섣불리 확신하지 않고 슬쩍 떠봤다.

어디에서 구했느냐.

그런데 웬걸. 당당하게 자신을 어필하는 모습이 튀어나왔다.

드래곤이라면 인간의 모습이니 폴리모프를 한 상태일 텐데.

'원래 이렇게 유희 중에 자신의 존재를 말하나?'

왜 모습까지 인간으로 바꿔가며 인간 세계에 스며들겠는가.

그래야 재미있기 때문이다.

드래곤이든 인간의 탈을 쓴 드래곤이든 정체가 드러나면 더 이상 그건 유희가 아니니까.

그럼에도 쐐기를 박는 한시민의 말에 족장은 더 이상 판단할 생각을 하지 않았다.

일생을 살며 단 한 번도 드래곤을 만나본 적이 없는데 어찌 그걸 자기 맘대로 판단한단 말인가!

"모른 척해. 모른 척."

"……예!"

엎드려 절을 하려다 스읍 소리에 얼른 일어나 고개를 숙인다.

혹시 인간이 거짓말하는 건 아닐까 하는 의심 따윈 조금도 들지 않았다. 드래곤이란 그런 존재다. 그리고 이미 증거는 셀 수 없이 많다.

'신화급 장비에 미스릴테인이면…….'

일생에 하나 보기도 힘든 게 인간의 손에 두 개나 들려 있다. 만약 드래곤이 아니라 해도 자존심을 굽히고 허리를 숙이는 게 전혀 아깝지 않다.

그렇게 한시민은 드래곤이 되었다.

"빼애액!"

그리고 어깨 위의 진짜 드래곤이 울부짖었다.

7

왜인지는 몰라도 그냥 몇 마디 던진 지렁이 미끼에 드래곤이 되어버린 한시민은 굳이 그걸 마다하지 않았다.

"그러니까 미스릴하고 미스릴테인은 다르다?"

"예, 위…… 아니, 그렇습니다."

"순수 미스릴은?"

"미스릴에서 불순한 것들을 뺀 게 순수한 미스릴이고 미스릴테인은 저희가 임의로 붙인 이름입니다."

"호오."

천하의 드워프들이, 인간 중에서도 손에 꼽는 대장장이가 아니면 말도 안 섞는다는 놈들이 알아서 존대까지 해주며 친절하게 대해주는데 굳이 왜 오해를 바로잡아줘야 하는가.

굽신거리며 광석을 반쯤 떼 주고 덤터기 쓸 뻔했는데 기회가 왔을 때 잡아야지.

"그럼 좋은 거라는 말이네, 어쨌든?"

"미스릴보다 단단하고 마력 순응도도 높습니다. 저희 드워프들 사이에선 신의 광석이라고 불리고 있습니다."

아주 바람직한 대답!

여기까지 온 보람이 느껴진다.

이 맛에 도둑질하지!

남의 집안 보물들을 이것저것 챙기다 뭔지 모를 그림 한 점을 가져다가 감정을 했는데 세계적인 화가의 것이라는 말을 들었을 때의 기분이랄까.

"비싸겠지?"

저도 모르게 말이 튀어나왔다.

"예?"

"비싸겠냐고, 이 정도면. 얼마 정도 할까?"

"……."

물론 드래곤의 입에서 튀어나올 말은 아니다. 드워프 족장이 당황한 이유기도 하고.

하지만 한시민은 조금도 당황하지 않고 뻔뻔하게 대답을 기다렸다.

"급하게 나오느라 돈을 못 챙기고 이것만 챙겼거든."

"……."

드래곤이 돈 좀 밝히면 어때서!

원래라면 한시민도 드래곤의 입장에서 이런 말은 하지 않을 것이라 생각하며 자제했을 테지만 어깨 위에 있는 골드 처먹는 드래곤을 봐오며 생각이 많이 달라졌다.

드래곤이라고 항상 재화에 초월한 것만은 아니겠구나!

금은보화를 레어에 잔뜩 쌓아두는 게 그냥 개인적인 취미나 갖다 바치니 대충 처박아두는 것이라 생각했는데 빼액이를 보면 다 먹고살려고 그러는 것일지도 모르겠다는 생각이 들었다. 그런 생각에서 나오는 행동이고.

"가격은 감히……."

드워프 족장은 생각지도 못했던 질문에 서둘러 머리를 굴렸다.

이걸 판다? 재화로?

"그걸 어찌……."

하나같이 명품으로 갈아 만들어도 모자랄 것 같은데 팔다니!

계산하다 포기했다. 그런 끔찍한 생각은 하기도 싫었다.

"혹시 이 광석들을 인간들에게 팔려고 하시는 겁니까?"

"당연하지. 돈이 부족하다니까."

"……그럼 저희가 구매해도 되겠습니까?"

대신 거래를 제안했다.

드래곤에게 거래라니!

당장 마을의 모든 귀중품을 갖다 바쳐도 모자랄 판에 어찌 그런 불경한 생각을 했는지 모르겠지만 족장은 그만큼 다급했다.

어쩌면 목숨보다 귀한 자존심일지도 모른다. 혹은 열망이거나.

대대로 물려 내려오며 좋은 건 알고 있었지만 고작 주먹 크기의 광석이라 감히 제련 한번 해보지 못했던 광석!

그게 산더미처럼 쌓여 있다. 그리고 그 주인인 드래곤은 그걸 팔려 하고 있고.

인간의 모습으로 유희 중이니 어쩌면 거래를 해주지 않을까?

작은 희망에 한시민은 흔쾌히 고개를 끄덕였다.

"얼마 줄 건데?"

물론 세상 그 누구도 쉽게 대답하지 못할 만큼의 어려운 질문이 따라왔다.

점점 진입 불가가 되어가는 미지의 산맥, 메인 퀘스트 2막의 마지막 페이즈에 한시민에게 희망을 걸며 양쪽 방송을 하루 종일 시청하는 시청자들이 안개만 보이는 방송에서 변화를 감지했다.

–어? 저거 뭐야. 안개 조금 옅어진 거 같은데?

-무슨 소리임. 똑같구만.

-ㄴㄴ 내가 매일 봤는데 조금 옅어짐.

이런 반응은 한두 개가 아니었다. 그럴 수밖에 없는 게 현재 켄지 길드는 산맥 밖에서 안개를 지켜보는 중.

너무나도 짙은 안개에 산맥의 형태조차 보이지 않던 상황에서 흐릿하게나마 보이기 시작했다는 뜻은 그렇게밖에 해석할 수 없다.

켄지 역시 인지했는지 희망적인 반응을 보였고.

"역시, 평생 저럴 수는 없으리라 생각했습니다. 지금을 기점으로 안개는 옅어지고 자연스럽게 몬스터들도 약해질 겁니다."

다른 허언증 환자들과 차이점이라면 그걸 몸으로 직접 확인한다는 점 정도?

[안개의 저주가 발동합니다.]

[모든 능력치가 9% 감소합니다.]

[안개의 저주에 중독되었습니다. 일정 범위 밖으로 이동하지 않을 시 체력이 지속적으로 감소됩니다.]

저주도 옅어지고 있다!

부정할 수 없는 진실이 확신으로 다가왔다. 동시에 그건 하나의 결말을 예고했다.

“메인 퀘스트 2막의 최종 보스인 수달을 레이드하고 저희 켄지 원정대가 그 역사적인 순간을 맞이하겠습니다!”

기나긴 전쟁의 끝. 그리고 한시민에게 주어진 제한 시간이었다.

Episode 30.

내 사람, 아니, 수달이야

1

"금으론 안 되겠습니까?"

"미쳤어? 난 금 알레르기 있는 사람이야."

"……알겠습니다."

"아니, 잠깐!"

엎치락뒤치락하며 금이 아니라 화폐로 환전 가능한 온갖 잡다한 것을 무려 70만 골드 어치나 받아 챙기려던 한시민이 돌연 잠시 스탑을 외친 이유는 하나였다.

"아, 미친. 시간을 너무 오래 끌었나. 빌어먹을 카이저 새끼들."

홀로그램에 비치는 한시민의 정면 왼쪽에 떠 있는 화면에서도 아예 보이지 않던 산맥이 흐릿하게나마 보이기 시작하고 있었다.

그게 의미하는 바가 무엇인지는 한시민이 판타스틱 월드에서 그 누구보다 잘 안다.

'내 돈벌이의 끝이지.'

지금 당장은 아니겠지만 안개가 옅어지면 옅어질수록 원정대의 사기는 올라가고, 일정 시간이 지나면 사기뿐 아니라 원정대의 전투력이 산맥 내부에 있는 몬스터들보다 강해질 때가 올 것이다. 안개가 옅어진다는 건 수달이 그 힘을 광석도 남지 않은 상황에 어디서 끌어다 쓰지는 몰라도 결국 다 썼다는 뜻이니까.

안개가 사라지면 미지의 산맥은 그저 현재 레벨에서 난이도가 조금 더 높은 사냥터 그 이상도 이하도 아니게 된다.

그 과정에서 힘을 잃은 수달은 레이드에 쓰러지게 될 테고, 유저들은 컨셉이 사라진 이름만 남은 폭업 사냥터에 더 이상 오지 않게 될 것이고, 비밀 상인이라는 타이틀로 폭리를 취하던 한시민은 간판을 내려야 할 상황이 오겠지.

여기까지만 해도 끔찍한데 더 끔찍한 상황은 따로 있다.

'만약 수달이 죽는다면…….'

그야말로 최악.

한시민이 왜 수달을 죽이지 않고 광석만 털어 도망쳤겠는가!

당연히 광석을 먹은 수달을 죽일 힘이 없어서지만 어쨌든 계획만 세운다면 얼마든지 쓰러뜨릴 수 있다.

그럼에도 그는 그럴 생각이 없었다.

이유는 오직 하나.

'안 되지. 광산을 만들 수 있는 그런 복덩이를 왜 죽여?'

누구라도 이런 생각을 할 수밖에 없다. 수달의 비밀을 안다면.

게다가 한시민에겐 그런 수달을 거둬줄 수 있는 훌륭한 능력이 있지 않은가!

'테이머 아저씨, 감사합니다.'

하루 종일 금만 처먹는 용가리 새끼 키우느라 등골이 휠 지경이었는데 역시 고생한 만큼 복이 오는 건가요.

눈물이 앞을 가렸었는데 정말 영원히 시야를 가릴지도 모르게 생겼다. 그러니 어찌 지금 이런 상황에 한가하게 거래나 하고 있겠는가.

—여러분, 한 달. 한 달 안에 이 전쟁을 끝내겠습니다.

방송에선 켄지가 한시민 들으라는 듯 수달의 사형 집행 날짜를 공표하고 있었다.

제시한 한 달은 레이드 시작일이지 안개가 예상보다 빠르게 열어진다면 원정대는 언제고 산맥 안으로 들어가 몬스터들을 마구잡이로 학살할 것이다. 그렇게 된다면 한시민의 핑크빛 미래는 영원히 안녕이 되겠지.

비밀 상인이고 뭐고 다 버려도 좋으나 수달만은 안 된다. 그런 독한 마음이 한시민으로 하여금 당장의 이익을 포기하게 만들었다.

"야, 잠깐. 기다려. 광석에서 다 손 떼!"

"……?"

"안 되겠어. 다 못 팔겠다."

"예? 그게 무슨 말씀입니까!"

드워프 입장에선 어처구니가 없는 말일 수밖에! 다짜고짜 계약서에 도장 찍고 계약금 지불만 남은 상황에서 어떠한 설명도 없이 그냥 계약을 파기하자니! 제아무리 드래곤이라 해도 이건 용납할 수 없다.

"왜, 불만 있어?"

"빼액!"

"……아닙니다."

용납을 못 할 뿐이지 허락은 했다. 드래곤이 나타나면 입던 팬티까지 벗어 주라는 선대의 말씀을 뼛속 깊이 새긴 효과!

"대신 내가 필요한 만큼 쓰고 남으면 공짜로 줄게. 어때?"

"헉!"

한시민은 그런 드워프들에게 달콤한 사과를 내밀었다.

미안함에서 나오는 선심! 평생 다시없을 선물.

“자, 그럼 시간 없으니까 빨리 움직이자. 3일 안에 다 만들려면 밤새도 모자라겠다.”

“……예?”

“뭐, 설마 정말 공짜로 가져가려 했던 거야? 양심도 없이?”

혹은 수고비.

드워프들이 분주해졌다.

카이저 길드원들이 동시에 로그인했다.

도원결의도 아니고 태어난 날은 모두 다르나 한날한시에 함께 죽은 이들의 단결력은 남다를 수밖에!

“이런 개 같은!”

“그런 PK범들은 어디 나가 안 뒤지나.”

“아, 무기 떨어뜨렸어.”

길드 단위로 현실에서도 연락하는 수단이 있을뿐더러 판타스틱 월드를 한 번도 안 해본 사람은 있어도 한 번만 해본 사람은 없다는 말이 있을 정도로 중독성이 강하기에 투덜도 게임 안에서 댔다.

물론 거기서 끝. 그 이상의 행동력을 보이는 유저는 한 명도 없었다. 심지어 길드 마스터까지.

"……."

그들이 건드린, 그리고 그들을 죽인 유저가 누구인지 너무 화가 나 로그아웃 당하고 열심히 찾아봤으니까.

기세로는 사설탐정까지 고용했을 그들이지만 아쉽게도 그 정도 단계까진 가지 못했다. 그냥 몇 가지 특징만 잡고 검색을 해도 쉽게 나왔으니까. 한시민과 스페셜리스트의 존재에 대해.

"대체 왜 그런 괴물들이 우리 같은 서민들을 건드리는 거죠?"

"너무하네."

"돈도 많다던대."

"우리 아이템들은 다 가져갔겠지?"

"돌려줬으면 좋겠다."

커뮤니티에 글도 올렸었다. 현재의 사태와 그들의 만행에 대해!

당연히 돌아오는 건 거친 질타와 비난들뿐. 이안 왕국 유저들에게 한시민은 동경의 대상이고 방송을 통해 두터운 팬층을 확보하고 있을뿐더러 애초에 그들은 머릿수를 바탕으로 사냥터를 독점하고 유저들의 등골이나 빼먹는 양아치들이었으니까.

결국 남은 건 마음의 상처와 캐릭터의 빈곤.

그래도 이렇게 좌절하고 쓰러질 순 없기에 사냥터로 다시 향했다.

어쩌다 얽히게 되어 똥물을 썼다고 생각하자. 한창 전쟁으로 바쁘다고 하니 설마 다시 찾아오진 않겠지.

답답한 마음을 그렇게 위로하며 다시 사냥터나 독점하며 게임을 즐기는 일상으로 돌아가려는 찰나.

"뭐야, 너희?"

"……?"

"지금 내 사냥터에 허락도 없이 막 들어온 거냐?"

정확히 이틀을 기다렸던 한시민이 돌아온 그들을 반갑게 맞아주었다.

2

카이저 길드가 인생의 쓴맛을 느끼는 동안 켄지 길드도 착실하게 준비를 이어갔다.

"드디어 내일입니다."

"진입하고 최대한 수달을 피해 다니면서 잡몹 처리부터 이어갑니다."

"네."

많은 희생이 있었고 시간을 투자했다.

가상현실 게임이 나오기 전, 대부분의 PC 온라인 게임이 출시한 지 한 달도 채 되지 않아, 아니, 1주일도 걸리기 전에 유저들이 엔드 컨텐츠를 봐왔던 것을 생각하면 정말 대서사극에 비교해도 꿇리지 않을 정도의 초장기 레이드라고 봐도 무방하다. 벌써 현실에선 계절이 바뀌고 있지 않은가.

하나 그걸로 감회가 새롭다거나 운치를 즐기는 유저는 없었다. 적어도 여기 있는 유저는 모두 게임에 관한 프로니까.

PC 온라인 게임들은 그들을 감당할 만큼의 준비가 되어 있지 않았기 때문에 빨리 끝날 수밖에 없었던 것이고 판타스틱 월드는 그 이상의 것들이 준비되어 있기에 이렇게 오랜 시간이 걸리는 것이다.

보통 유저들이야 장벽이 높다느니 플레이하기 버겁다느니 불평하겠지만 게임만 하는 이들에겐 이보다 완벽한 게임은 없다.

도전하고 노력해서 성취한다.

모든 취미 생활에 공통적으로 적용되는 사항이 아닌가.

그런 의미에서 켄지 원정대는 열기가 가득했다. 특히 좌절할 뻔한 순간을 이겨내고 희망의 발걸음을 내딛는다는 점은 추가적인 사기진작 요소였다.

그렇게 진격했다. 안개는 이제 산맥을 자욱하게 가리던 때

와 비교하면 반도 넘게 열어졌고 수달의 폭주가 시작되기 전보다도 몬스터들이 약해졌다.

게다가 원정대는 이제 더 이상 어중이떠중이들이 호기심에 산맥에 들어가 보자 모인 수준을 벗어났다.

전 대륙의 관심! 그 관심 속에서 이루고자 하는 이들!

판타스틱 월드라는 거대한 대륙에서 메인 퀘스트를 가장 먼저 클리어하고 다음 챕터를 쥐고 나가고자 하는 이들의 모임이 되었다.

그건 결코 의미가 작지 않다. 모든 걸 걸었다는 뜻이다. 죽음도 불사하는 유저들의 무서움을 몬스터들은 고스란히 느껴야 했다.

그들에게 산맥의 지도는 없지만 빠르게 지도에 표기되었던 해골을 향해 나아갔다. 그쪽으로 향하는 길을 찾는 건 어렵지 않았다. 몬스터들이 그쪽을 향해 뭉쳐 있었으니까.

"몬스터 젠은 메인 퀘스트 진행 중이라 그런지 안 되는 것 같습니다."

"좋아요. 그럼 이대로 계속 진행합니다."

"예."

해서 켄지의 입가엔 시간이 흐를수록 미소가 맺혔다.

무난하다.

비록 전까지의 손해는 결코 무난하다 표현할 수 없을 정도지만 결국 원하는 걸 이뤄낸다면 그 정도는 감수할 수 있다.

몇 달을 스페셜리스트와 한시민에게 밀렸던 걸 생각하면…….

'더한 것도 내줄 수 있지.'

그게 돈으로 끝난다면야 켄지에겐 손해라고 말할 수도 없다.

다시 한번 의지를 다지며 한시민의 방송을 확인했다.

요 근래 드워프와의 만남에서 웬 이상한 길드 하나를 박살내고 이틀에 한 번씩 그들이 접속할 때마다 다시 찾아가 집요하게 죽여대는 모습만을 방송하고 있다.

메인 퀘스트를 포기하는 건가.

설마 그러리란 생각은 들지 않으면서도 시간이 애매하다.

"대비는 해둬야겠군."

아무리 그래도 방해하지는 않으리라.

아니, 방해한다고 해도 상관없다. 이미 켄지의 원정대 규모는 어마무시하게 커졌고 소속된 유저들 역시 어떻게든 이 메인 퀘스트의 보스를 잡고자 하는 열망에 사로잡혀 있으니까.

여기서 메인 퀘스트를 독점하겠다고 다짜고짜 원정대의 발목을 잡는다면 그야말로 판타스틱 월드의 역적이 되는 셈!

무엇보다 저들이 저곳에서 미지의 산맥에 도착하는 시간이면 이미 레이드는 끝이 나 있을 것이다.

트라이가 실패한다는 만약의 경우가 있음에도 시간은 충분하다. 그저 어째서 메인 퀘스트보다 저기서 저러고 있는 것인지에 대한 약간의 의문만 유지하며 지금의 분위기를 이어가고자 했다.

그렇게 한시민과 스페셜리스트에 대한 관심이 꺼져 갔다. 켄지에게도 유저들에게도 시청자들에게도.

동시에 어느 순간 한시민의 방송도 꺼져 켜질 생각을 않았다. 그 이유에 대한 논쟁이 커뮤니티에 화제가 되려는 분위기가 조장되었지만 그것마저도 금방 사그라졌다.

"전면전에 들어갑니다."

영화가 엔딩을 향해 달려갈 준비를 마쳤기에.

한 달가량 산맥에 발도 제대로 못 붙였던 유저들이 뭉쳤다. 그 규모는 한 달 전보다 훨씬 커진 상태였다.

3

승승장구였다.

그 동안의 설움과 나약함을 잊기 위한 진격!

물론 여전히 몬스터들의 레벨은 원정대의 평균 레벨을 훨씬 상회했기에 피해가 없는 건 아니었지만 산맥 근처에 다가가지도 못했던 근 한 달을 생각해 보면 분위기가 역전되었다고 봐도 무방한 그림.

자연스럽게 유저들의 사기는 올라갔다. 그래 봐야 자신들이 얻을 수 있는 보상은 극히 제한됨에도!

분위기가 이래서 무서운 것이다. 냉정하게 현실을 따지고 보면 모든 건 결국 켄지 길드가 독점하게 된다는 걸 알면서, 어쩌면 내가 운 좋게 보스가 죽을 때 그 옆에 있다가 보상을 날름 챙겨 먹을 수 있지 않을까? 하고 사지도 않은 로또가 당첨되는 꿈을 꾸듯 모두가 그렇게 희망을 품었다.

아니, 어쩌면 그럴 수밖에 없을지도 모른다. 여기 있는 대부분은 메인 퀘스트는커녕 B급 퀘스트 하나 따보기도 힘든 이들이니까.

언제 메인 퀘스트에 이런 식으로 껴보겠는가. 로또에 당첨되지 않더라도 판타스틱 월드에서 이런 이력서에 넣을 수 있는 경험은 결코 손해는 아니리라.

"수달이 도망칩니다!"

"바로 흩어져 쫓습니다. 승리가 눈앞입니다. 조금만 힘을 냅시다!"

"와아아아아!"

그 무엇보다도 승리에 대한 쾌감. 현대인은 결코 느껴보기 힘든 성취감이 가장 큰 이유였지만.

그 결과, 원정대는 결국 수달의 주변 몬스터들을 거의 다 처치할 수 있었고 반대로 수달을 추격하는 상황을 만들어냈다.

"꾸어어엉."

극한의 위기에 몰렸음에도 더 이상 수작을 부리지 않는 수달은 낙인이었다.

승리의 낙인.

더 이상 패턴이 이어지지 않는다는 증거.

다가가 수달을 죽이기만 하면 메인 퀘스트를 클리어할 수 있다는 의미.

더 이상 긴장하지 않는 유저들이 중구난방으로 산맥을 휘젓기 시작했다.

여전히 남아 있는 소수의 몬스터?

아무런 위협이 되지 못했다.

그렇게 승리의 맛에 취해 자신들에게 드리우는 어두운 그림자를 느끼지 못했다.

변화는 아주 작은 곳에서부터 시작되었다.

"길마님, 2-1 파티 전멸되었다고 합니다."

"전멸이라. 2-1이면 그래도 어중이떠중이는 아니지 않나요?"

"예, 50레벨 이상의 유저들만 모아놓은 곳입니다."

"흠, 너무 방심했나 보군요. 그래도 몬스터가 아예 없는 것도 아닌데."

"그런 것 같습니다."

보고에 켄지가 인상을 찌푸렸다.

잘 나간다 싶더니 이런 피해라니.

물론 그의 길드가 아니기에 전혀 신경 쓸 이유는 없지만 이왕 원정대를 꾸리고 유저들의 신망을 받기 시작한 이때 레이드를 최대한 깔끔하게 끝내는 편이 앞으로의 행보에도 좋다.

해서 도망치는 수달을 잡아 족치기만 하면 되는 순간에 나오는 피해가 달갑지만은 않았다.

"전체 공지로 조심하라 알려주세요."

"예."

하지만 대수롭지 않게 여겼다. 이미 그의 머릿속에는 레이드의 끝을 보고 있었으니까.

수달을 잡고 보상을 얻고 메인 퀘스트의 단서가 되는 것을 찾아 파괴하고.

그러면 2막까지 스페셜리스트의 뒤통수만 보고 달리던 그림은 완전히 뒤집히게 된다.

단 한 걸음.

동일 선상까지 따라잡고 한 걸음 내딛는 순간부터 시작

이다.

'차이를 완전히 벌려주지.'

아예 따라잡지 못할 정도로.

그날 대충 조심하라는 공지가 올라갔다.

하나 그런 성의 없는 경고를 무시하기라도 하듯 다음 날 같은 보고가 들어왔다.

"1-10 파티와 2-5, 3-11도 전멸했습니다."

"……."

더 이상 무시할 수 없는 규모의 피해.

무엇보다 1단위 파티는 켄지 길드 소속의 유저들이다.

그런 유저들이 돌아다니다가 미지의 산맥의 일반 몬스터들에게 당했다?

말도 안 되는 소리.

"어떻게 된 겁니까?"

켄지가 심각한 표정으로 물었다.

이젠 결코 과시하고 넘어갈 문제가 아니다. 이게 만약 또 다른 페이즈를 알리는 징조라면? 더 이상 나온다는 건 상식적으로 너무 말도 안 되는 일이긴 하지만 게임에서 그런 게 어디 있겠는가.

궁지에 몰린 수달이 자신의 생명을 소멸시키며 저주라도 내린다는 설정을 넣는다면 100번이고 넣을 수 있는 게 0과 1

로 이루어진 세상이다.

해서 긴장했다. 하지만 그의 추측은 다행히도 완전히 빗나갔다.

"……시민, 그 유저가 토끼들과 공격했다고 합니다."

대신 다른 국면의 재앙을 알리는 시작이었다.

4

한시민은 거침이 없었다.

"우리 수달 못 잃어."

지금 상도의니 뭐니 따질 때가 아니었으니까.

실시간으로 수달이 불쌍하게 쫓기는 걸 볼 때마다 마치 제 마음이 찢어지는 것처럼 아파 빼액이에게 골드를 먹여가며 전속력으로 날아왔다.

생각보다 빠른 시간에 레이드가 시작되어 아슬아슬했지만 어쨌든 도착했다.

늦지 않았으니 남은 건 또 다른 시작.

"미안하지만……."

결코 이들의 레이드를 방해하거나 메인 퀘스트를 훼방 놓을 생각은 없다.

다만 지킬 뿐이다.

황금 알을 낳는 거위를.

아니, 광산을 만들어내는 수달을!

그나마 토끼 발톱만큼 남아 있던 양심을 버리니 진정한 한시민의 인성이 드러났다. 산맥 곳곳을 누비며 수달을 찾는 동시에 만나는 유저들을 그대로 습격한다.

인사 한마디 없이, 상대 쪽에서 누구냐고 묻기도 전에 망치부터 휘두르고 보는 클라스!

물론 상대 쪽에서도 어이없이 맞아주지만은 않는다. 나름 레벨도 높고 아이템은 훨씬 부족하지만 숫자는 많지 않은가.

"보이는 유저들은 일단 다 죽이고 봐."

"뀨뀨!"

하지만 그마저도 더해지는 토끼들의 숫자에 역전당했다. 도망칠 길도 없을뿐더러 진홍빛 에메랄드 이빨과 방어구를 번쩍이는 토끼들은 너무나도 압도적이었다.

"역시 투자엔 보람이 따르는 법이지."

수십만 골드를 포기한 한시민이 눈물을 흘리며 미소를 지을 수 있는 유일한 이유.

방송을 보자마자 수달을 구출하기 위해 토끼들의 스펙을 업그레이드하기로 했다. 아무리 한시민이 강하더라도, 스페셜리스트가 도와준다고 해도 천 단위가 넘어가는 원정대를 막아낼 수는 없는 노릇이니.

거기다 대놓고 그들을 무시하며 수달만 찾아다녀도 문제는 심각해진다.

그렇기에 어쩔 수 없는 선택이었다.

그나마 위안이라면 수달을 구하기만 한다면 언젠가는 메울 수 있는 손해라는 것?

'경치 좋고 사람도 없는 땅이 많으니까 거기다가 광산 한 20개만 만들게 시키면.'

그 와중에 미스릴테인 하나 정도는 나오겠지.

마음이 조급해질 때마다 이런 생각을 하며 열심히 뛰었다.

"거기 누구……."

"조져!"

"끾끾끾끾!"

덕분에 하루에도 몇 번씩 같은 그림이 연출됐다. 자연스럽게 그의 얼굴은 노출되었고 커뮤니티에도 글이 올라왔다. 동시에 켄지가 선언했다.

-고의적으로 메인 퀘스트를 방해하기 위해 유저들을 공격하는 스페셜리스트에 공식적으로 척살령을 공표하는 바입니다.

길드전과 척살령은 비슷한 말이면서도 전혀 다른 의미를 지니고 있다.

전자가 100명 남짓한 켄지 길드원들의 몫이라면 후자는 수천의 유저까지 함께 스페셜리스트를 족치러 가자는 의미!

당연히 후자 쪽이 훨씬 위험부담도 적고 승리 확률도 높다. 켄지 길드가 아닌 유저들의 억울한 피해도 많았으니 명분도 충분하고.

유저들 역시 댓글로 그의 의견을 지지해 주었다. 다른 걸 다 떠나 묻지 마 PK는 결코 옹호할 수 없는 행동!

여론이 안 좋아지자 한시민도 글을 올렸다.

—대체 어디서부터 이런 말도 안 되는 말이 떠돌고 있는지 모르겠지만 여러분이 보스 몬스터라 생각하고 레이드하려는 수달은 보스 몬스터가 아니라 제가 테이밍하려고 점찍어둔 펫입니다.

동시에 올라오는 메인 퀘스트 2막 홀로그램 캡처본.

[저주의 근원]

* 등급: Main

* 내용: 서서히 드러나는 악의 근원. 수백 년 전, 마족들이 대륙을 침공할 당시 생겼던 게이트의 잔재를 조사하고 파괴하라!

* 조건: '보좌관의 신뢰' 퀘스트 완료.

* 보상: 2차 시나리오 메인 퀘스트 클리어.

—엥?
—뭐야? 진짜야?

선동과 날조 속 던져지는 팩트는 새로운 국면을 불러왔다.

켄지는 한동안 대꾸하지 못했다. 반박할 수 없었기 때문이다.

—뭐야, 메인 퀘스트가 저거면 수달은 뭐임?
—보스 몬스터는 맞는 거 같은데.
—말이 보스지 그냥 메인 퀘스트 방해하는 몬스터 아님?
—그게 그거지.

잘못한 건 없다. 어쨌든 일반적으로 그 몬스터를 죽여야 클리어되는 퀘스트가 아니더라도 메인 퀘스트를 완료하는 것을 지키는 몬스터를 보통 보스 몬스터라 지칭하니까.

다만 논란이 되는 부분은 이것이었다.

—말은 보스 죽이고 메인 퀘스트 클리어한 거 나눠 먹을 것처럼 말하더니.

—애초에 혼자 다 처먹을 생각이었네.

숨겨진 진실을 발견한 일부 유저들의 불쾌함.

대다수는 별 상관없었다. 어차피 혹시나 하는 마음에 지원했을 뿐이지 대부분은 자잘한 이익을 위해 온 이들이니까.

하지만 그 소수가 문제다. 레벨이 적당히 높고 게임 내에서 발언권도 어느 정도 있으며 메인 퀘스트를 공유해 나눠 먹을 수 있다는 감언이설에 이익을 저울질해 보고 온 이들의 입장에선 사기다. 자연스럽게 반발이 있을 수밖에 없다.

시간이 지나면 가라앉을 문제고 돈을 써서 해결할 수 있지만 켄지가 골치 아파하는 이유는 하나다.

—여러분이 그렇게 원하는 메인 퀘스트 완료 지점 지도는 원정대장인 켄지와 적절한 조율하에 넘기겠습니다. 대신 수달을 건드릴 경우 저, 그리고 스페셜리스트와 전쟁을 원한다는 것으로 간주, 무한 PK에 들어가겠습니다.

한시민의 행동이 더 이상 유저들을 향한 무차별적인 반항이나 심술이 아니게 되었다는 것.

그마저도 그리 좋은 행동은 아니고 자신의 힘을 앞세운 갑질이나 다름없지만 유저들에게 받아들여지는 느낌은 차원이

다르다.

납득하긴 힘들지만 어쨌든 몇 달을 공들여 테이밍하려는 몬스터가 공격받는다면 그 사람들을 향해 칼을 세우는 게 테이머로서 마땅히 지녀야 할 마음가짐이니까.

게다가 그럴 만한 힘도 가지고 있다.

딱히 한시민과 척을 져서 좋을 게 하나 없는 유저들이 슬금슬금 빠졌다.

그건 곧 켄지에게 불리함을 의미했다. 이런 상황에서 굳이 수달을 죽여야 한다는 위치를 고수하면 스페셜리스트와의 악감정을 유저들을 이용해 풀려고 한다는 의심이 고개를 들 수 있으니까.

결정이 필요한 상황!

어쩔지 고민하는 사이.

"안녕?"

한시민이 오랜만에 수달과 마주했다.

"우리 지난 과거는 잊고 이제부터 함께 핑크빛 미래만 함께 하자!"

"꾸어엉."

가식이 잔뜩 담긴 미소와 함께 손을 내미는 한시민과 물러서는 수달!

주위를 잔뜩 둘러싼 90마리의 토끼에 의해 도망칠 길도 없어 떠는 모습이 불쌍하다.

"광산 턴 건 미안해. 다 쓸데가 있어서 그랬어. 대신 내가 좋은 데에다가 광산 수백 개 지어도 안 털리게 잘해줄게. 응?"

"꿔어어엉."

마지막 남은 정체를 알 수 없는 오묘한 빛깔의 광석을 들고 최후의 항전을 한다.

죽어도 네놈에게는 굴복하지 않겠다는 강한 의지! 과연 메인 퀘스트 2막의 마지막을 지키는 몬스터다운 모습!

거기에 더해지는 개인적인 원한.

한시민의 입가에 걸린 미소가 살짝 일그러졌다.

"형이 잘해준다니까?"

"꾸어엉."

"저기 토끼들 보이지? 쟤들도 처음엔 나 별로 안 좋아했는데 지금은 저렇게 좋아하잖아. 우린 가족이 될 수 있어!"

"꾸엉."

"혼자 찐따처럼 돌아다니지 말고 형이랑 가자. 광석길만 걷게 해줄게."

"꾸어엉."

"자자, 그 손에 들린 거 이리 주고."

당연히 수달은 주지 않았다.

"하."

한시민의 입에서 터져 나오는 깊은 한숨.

"힘으로 하긴 싫었는데."

그리고 내뱉어지는 마음에도 없는 거짓말!

동시에 까닥이는 손가락.

"얘들아, 우리 수달이 좀 붙잡아 봐라."

"뀨우!"

그렇게 수달에게 새로운 가족이 생겼다.

아니, 생길 줄 알았다.

5

조련 과정은 훌륭했다.

잔뜩 겁을 주고 저항도 못 하게 해놓고 반쯤 포기 상태로 만들었으니까.

"이러고 보니 나 되게 악당 같네."

한시민이 이런 양심 없는 말을 내뱉을 정도로 공을 들였다고 자부할 정도니 실패란 없으리라.

그렇게 생각하고 사악한 미소를 지으며 여유롭게 수달에게

다가갔다.

"어때. 이제 우리 가족이 될 생각을 하니?"

"꾸어엉."

애처로운 울음소리가 마음에 와닿는다. 태생이 그런 건지 그냥 내뱉는 울음소리 하나하나가 왜 이렇게 불쌍한지.

"뀨우우."

토끼들이 괜히 공감된다는 듯 함께 울음을 흘렸다. 한시민 역시 눈물을 흘렸다.

"크으, 어려서부터 그토록 고생하면서도 꿋꿋이 참고 버티고 내 꿈을 향해 나아가다 보니 드디어 이런 날이 오는구나. 더도 말고 덜도 말고 하루에 23시간씩만 광산 만들게 시키면서 하드하게 뽑아내 줄게."

감격의 눈물!

다시 생각해도 기적이다.

메인 퀘스트 2막. 레벨도 부족하고 일련의 과정은 한시민이 게임을 하는 목적과 전혀 부합되지 않아 그냥 무시하고 지나칠 법도 한데 영지 주변이라는 이유로, 스페셜리스트가 진행 중이라는 이유로 어찌어찌 도움을 주다 보니 참여했고 이런 행운을 만났다.

결과는 어찌 됐든 켄지 길드에게 지도를 건네주고 그들이 메인 퀘스트 마무리를 짓는 걸 방관해야 하지만 상관없었다.

그깟 메인 퀘스트. 이거 깬다고 게임이 끝나는 것도 아닌데 스페셜리스트도 이해하겠지. 다음 걸 잘하면 되니까.

남의 일들은 깔끔하게 무시한 채 수달에게 손을 뻗었다.

빼액이 때야 태어나자마자 테이밍이 되었으니 번외로 치고 토끼를 테이밍한 이후 처음 시도하는 테이밍!

가슴이 괜히 두근거렸다. 빈 자리에 넣을 마땅한 몬스터가 없어 마음이 쓰렸는데 이렇게 한 마리가 채워지는구나.

창고에 고이 모셔두었던 귀중한 물건을 꺼내듯 테이밍을 시도한다.

[테이밍(SS)을 사용합니다.]

[테이밍에 실패했습니다!]

그리고 등장하는 홀로그램. 파노라마처럼 스쳐 지나가는 지난날의 추억.

벌써 반년이 넘게 지나 무의식의 해저 밑으로 사라졌던 개고생들이 수면 위로 기다렸다는 듯 떠오른다.

어째서 그가 토끼를 테이밍하게 되었는지, SS급 스킬 테이밍을 왜 필요 경험치 페널티 덩어리인 그에겐 쓰레기 스킬이라고 욕을 했었는지.

"꾸어엉?"

암담한 미래를 체념하듯 받아들이려던 수달이 아무 일도 벌어지지 않자 조심스럽게 눈을 떴다.

"……."

마주치는 두 시선.

"하하, 하하하."

멋쩍게 터져 나오는 웃음.

"우리 광석이나 하나 빨면서 진지하게 대화해 볼까?"

누구보다 빠른 태세 전환이 이루어졌다.

죽일 생각은 전혀 없다. 물론 협박이라는 카드가 있지만 이미 몸의 대화를 통해 차라리 죽이라는 식의 단계까지 간 수달에겐 그리 좋은 방법은 아니기에 한시민은 하나밖에 남지 않은 카드를 선택할 수밖에 없었다.

그에겐 그리 마음에 드는 방법은 아니지만 어쩌겠나.

"우리 함께 동업해 보는 건 어때?"

"꾸어엉?"

"네가 광석을 만들고 내가 파는 거야. 그럼 내가 전 대륙에서 맛있기로 소문 난 생선을 잔뜩 사다 줄게."

"꾸엉!"

"아니, 너 인마. 형이 걱정돼서 그러는 거야. 네가 다른 친구들과 조금 다른 곳에서 태어나고 살아왔다고 막 돌덩이 먹고 그러는데 그거 굉장히 안 좋은 식습관이라니까? 지금이야 괜찮다 싶어도 너도 숨 쉬는 생명체인데 나이 먹고 늙어봐라. 늙어서도 돌 처먹고 그러면 금방 뒈져요."

필사적으로 설득한다. 다 말도 안 되는 잡소리지만 어쨌든 호감을 이끌어 내는 쪽으로 방향을 잡은 이상 미소를 지어야 한다.

'제발. 되길.'

가장 좋은 건 테이밍이라는 스킬의 굴레 안에 가두는 것이다. 하나 지금까지의 실험 결과론 SS급 테이밍 스킬은 그보다 레벨이 낮은 몬스터에겐 좋지만 그 위로는 통하지 않는다는 것.

해서 아직 실험해 보지 못한, 친밀도가 극한에 다다라 몬스터가 주인의 품에 안겨 스스로 테이밍이 된다는 소설을 현실로 만들어 보고자 노력하기로 했다.

물론 안 된다고 해서 포기할 생각도 전혀 없었다. 안 되면 차선을 택하면 되는 법!

'그건 좀 귀찮은데.'

어떻게든 도망치지 못하게 데리고 다니면서 부려먹는 방법.

현실감 넘치는 판타스틱 월드에서나 가능한, 그야말로 노예!

다만 충성심을 기대하지 못하고 도망칠 것을 염두에 둬야 하니 머리가 아프다.

그렇기에 제발 테이밍되길 바라며 온갖 감언이설을 토해냈다.

"내가 여기 산맥 휘젓고 다니는 그 양아치들 다 죽여줄까?"

"꿔엉!"

양아치는 광산 파괴범인 네놈이지, 새끼야!

당연히 쉽게 넘어가지는 않았다. 수달이 아무리 머리가 나쁘다 한들 메인 퀘스트를 수호하는 보스 몬스터다. 거기에 그의 모든 것이라 할 수 있는 광산도 눈앞의 놈팡이에게 다 빼앗겼고.

무슨 일이 있어도 네놈에겐 굴복하지 않으리라!

실랑이는 시간이 흐르고도 계속되었다. 스페셜리스트가 왔을 때까지도.

그리고 그렇게 며칠이 지났을 때.

"꾸어엉."

"응?"

"꾸어어엉."

"아, 배고프다고?"

"꾸엉."

"……뭐, 보석 줄까?"

"꾸어엉."

수달이 현실을 조금 파악하고 적응하기 시작했다.

6

메인 퀘스트 방해범과 켄지의 만남이 이루어졌다.

"……진짜 수달을 테이밍한 겁니까?"

"당연하죠. 한다면 합니다, 전."

당당한 어깨! 눈빛!

켄지를 비롯한 길드 간부들의 시선이 토끼들에 둘러싸여 못마땅한 표정을 짓고 있는 수달에게 향했다.

"테이밍이라기보다는 납치 같은데."

"어허! 이런 중요한 자리에서 그런 실례되는 말씀을."

"꿔엉."

수달이 자신의 억울함을 알렸지만, 어차피 이렇게 된 상황에서 수달은 더는 그들에게 효용이 없기에 신경을 껐다.

당장 한시민을 비롯한 스페셜리스트를 치고 보스인 수달을 잡아 죽이는 것도 나쁘지 않은 선택일 수 있지만, 그러는 와중에 발생할 손해들을 감수하기보다 일단 길어지는 메인 퀘스트를 빨리 깨버리는 게 낫다는 판단!

"지도는 어디 있습니까?"

"여기요."

이미 커뮤니티에서 이야기된 부분이었기에 협상은 순조롭게 흘러갔다.

사실상 스페셜리스트가 얻어낸 것이지만 한시민이 내밀었고 켄지가 검토했다.

"여기 주변에 색깔들은 뭐죠?"

"아, 그건 신경 안 쓰셔도 됩니다. 서브 퀘스트 같은 건데 저희 쪽에서 다 깨버려서 가도 아무것도 없어요."

"예."

현재 위치와 비교해서 길드 내부의 회의까지 거쳐 고개를 끄덕이는 켄지. 수달은 아쉽지만 이 지도가 사실이라면 수달을 포기할 만한 가치가 있다.

어찌 됐든 원정대의 목적은 메인 퀘스트를 클리어하는 것이고 지금 흔들리는 민심이 무너지기 전에 빠르게 목적을 채운 뒤 해산하는 편이 훨씬 나을 테니까.

"감사합니다."

해서 켄지가 한시민에게 고개를 숙였다. 뭐, 여차여차 충돌이 있었고 마지막엔 자신들과의 마찰까지 있었지만 결국 바로 옆의 스페셜리스트가 아닌 그들에게 메인 퀘스트를 양보한 셈이나 다름없지 않은가. 당사자들도 가만히 있는 걸 보니 합의된 내용인 것 같기도 하고.

어떨 때 보면 쓰레기 같기도 하지만 이런 상황에선 선을 지키며 균형을 유지한다는 느낌이 들었다. 살짝 감동까지 받았다고 해도 과언이 아닐 정도.

지금까지의 악감정이 조금 옅어지고 호감이 생겼다. 고작 지도 한 장에.

물론, 어디까지나 그만의 행복한 착각이었다는 걸 깨닫기까진 오랜 시간이 걸리지 않았다.

"마음에 드셨다니 다행이네요. 이제 가격 협상을 해볼까요?"

한시민에게 인성이란, 단 1원의 가치만 있어도 냅다 팔아치우는 그런 존재였기에.

역시 한시민에게 양심이라곤 눈곱만큼도 찾아볼 수 없다.

"자, 이제 제일 중요한 거래를 해볼까요?"

"……?"

"특별히 스페셜리스트에게만 파는 물건! 메인 퀘스트 2막 완료권!"

"……."

방금 희희낙락하며 떠나가는 켄지 길드의 뒷모습을 본 거 같은데.

강예슬이 멍청한 머리로 현재 상황을 이해하려다 포기하고 물었다.

"배신?"

"습! 배신이라니. 그런 불경한 단어를 어디서 입에 올리냐."

"그럼?"

"비즈니스?"

"……."

어딜 봐서?

어이없어하는 그들에게 한시민이 친절하게 설명해 주었다.

"제가 설마 메인 퀘스트를 여러분을 두고 저놈들한테 팔 거라 생각한 거예요? 에이, 우리 사이가 그렇게 돈 몇 푼에 넘어갈 사이는 아니지. 내가 거지도 아니고 말이야."

"……."

분명 기분이 좋아지는 말이긴 하다. 천하의 한시민이 제일 챙겨주는 사람들이라는 뜻이니까. 하지만 왠지 저 친절을 받으면 안 될 것 같다.

"오빠, 그 쓸모없는 지도 한 장을 1억씩이나 받고 팔았으면서 그런 말 해도 돼?"

건네주는 걸 보며 들었던 어이없는 감정은 켄지 길드가 맞을 뒤통수에 안쓰러움으로 바뀔 정도다. 스페셜리스트를 옆에 두고 메인 퀘스트를 깨라 부추기는 모습에 갸웃하던 때가 생각도 안 나고.

그러면서도 궁금했다.

뭘 노리는 걸까.

언제나 한시민은 쓰레기 짓을 하지만 저 나름의 철학이 있고 논리가 있었다.

그게 다른 사람이 듣기엔 말도 안 되는 개소리라 문제지.

"괜찮아. 쟤들한테 판 거는 그냥 지도 한 장이고 여러분에게 팔 건 메인 퀘스트 2막의 마지막을 가로챌 티켓이니까."

"……."

거기에 더 큰 문제는 그 개소리가 항상 현실로 드러나고 누구나 알면서도 살 수밖에 없다는 것이다.

"오빠는 진짜 천재야."

"고마워."

"언젠가 사막에 떨어뜨려서 모래 파는 것도 보고 싶다."

"돈만 주면 해볼게."

이해한 강예슬이 혀를 찼다.

얼핏 보면 수달도 잡혔고 남은 건 덩그러니 있는 게이트의 잔해를 파괴하는 일만 남아 보이지만 한시민의 이간질로 결국 다시 유저 대 유저의 싸움으로 변질되었다.

아니, 그가 나서지 않았어도 그랬을지도 모른다. 결국 스페셜리스트도 메인 퀘스트를 완료할 생각이니까.

다만 그걸 나서서 부추겼다. 절정에서 결말로 향하는 그래프를 가속했달까.

수천의 원정대를 이끄는 켄지와 그들로부터 반대편에 서주겠다는 한시민의 제안.

“빼액이 타고 가면 걔들보다 빨리 갈 수 있을 거예요. 싸게 해드림.”

“…….”

“퀘스트 후에 안전하게 리치 영지까지 모셔다드리는 사후 관리까지! 싸게 해드립니다.”

“…….”

셋은 말은 안 했지만 속으로 같은 생각을 했다.

‘진짜 한번 엿 먹이고 싶다.’

정말 악의라곤 하나도 없는 순수한 마음에서 우러나오는 생각이었다.

“하아.”

물론, 그런 생각을 하면서도 지갑을 열 수밖에 없었다.

7

거대한 게이트였다. 정말 과장 한 스푼을 보태 축구 경기장만 한 크기의 게이트.

"와."

도착한 켄지 원정대 유저들이 먼발치에서 감히 선불리 다가갈 생각도 못 한 채 가만히 감상할 수밖에 없을 정도의 규모!

저걸 부술 수 있을까?

의심부터 든다.

게임이고 능력만 된다면 하늘에 떠 있는 별도 부술 수 있는 세상에서 그깟 캐릭터보다 조금 큰 게이트 하나 부수는 게 뭐 대수냐고 생각할 수도 있지만, 현대 사회에서 살다 온 사람들은 어쩔 수 없이 일단 감탄부터 할 수밖에 없다.

그만큼 거대하고 분위기가 몽환적이다. 마야 문명을 마주하면 이런 기분일까. 수백, 수천 년은 인간의 손을 타지 않고 자연 속에서 고요하게 묻혀 있었던 것만 같다.

절로 숙연해진다. 동시에 긴장이 된다. 더는 막아설 몬스터가 없다는 걸 알면서도.

"길마님."

"네, 잠시 대기합니다."

그런 유저들과 달리 켄지는 다른 이유에서 손을 들어 진격을 저지했다.

그는 이런 분위기에 휘둘리는 사람이 아니다. 그가 보기에도 분명 위압감 있고 저걸 부숴도 될까 싶은 자책이 들긴 하지만, 현실에서 이런 것쯤은 우습게 만들 능력이 되는 그에게 감상이라니. 그것도 메인 퀘스트 완료를 바로 앞둔 상황에서. 말도 안 되는 소리다.

그가 잠시 대기하는 이유는 단 하나. 그림을 뽑기 위해서다.

장정 몇 달에 거친 레이드의 끝. 수많은 유저가 참여했고 관심을 가졌고 판타스틱 월드를 플레이하지 않는 사람들에게도 화제가 되었던 그 퀘스트. 바로 그 전쟁의 종료를 앞둔 시점이기에.

결말의 깔끔함이 그 무엇보다 중요하다는 걸 모르는 이는 없다.

제아무리 기승전이 완벽했어도 결이 찝찝하면 영화는 쓰레기가 되는 법. 여운을 줘야 한다. 아무것도 없음에도 무언가 있는 것처럼 긴장감을 조성한다.

그 뒤의 시시한 결말?

그마저도 숙연한 분위기로 이어가면 된다. 이 영화는 코미디가 아니라 감동이 넘치는 인간 승리 드라마니까.

'대륙을 또다시 위협에 빠뜨릴지도 모르는 단서의 제거. 그를 막아서는 수많은 몬스터와 고난, 역경. 무너지지 않는 인간들. 인내의 시간. 기적 같은 역전의 발판, 그리고 승리.'

마지막에 보스 몬스터 레이드가 피치 못할 사정으로 빠진 건 아쉽지만 그래도 괜찮다. 그동안의 영상을 편집하면 그깟 수달 한 마리 때려잡지 못한 것쯤은 티도 나지 않을 화려한 영화가 완성될 것이다.

그걸로 명성을 얻으리라.

메울 수 없는 손해를 본 켄지가 얻고자 하는 최종 목표!

그때였다.

"빼애애애액!"

그게 그만의 꿈이라는 걸, 이 영화는 사실 인간 승리 드라마가 아니라 배신과 통수가 판을 치는 액션 코미디 막장 먼치킨물이라는 걸 알려주는 울음소리가 들려왔다.

바로 하늘에서.

한시민은 수달을 아직 테이밍한 게 아니다.

범죄자에 비유하자면 구속이 아닌 임시 동행 정도? 구속영장을 발부하고 싶어도 레벨이 안 되니 어쩌겠나!

해서 마음대로 수달을 부릴 수가 없다. 그렇기에 지금은 그의 비위를 최대한 맞춰 레벨을 올릴 때까지 잘 구슬려 데리고 다니든지 해야 한다.

"꾸어엉."

그런 수달이 울었다. 하늘 위에서, 게이트를 둘러싼 유저들을 보며.

"왜? 저거 깨지면 안 돼?"

"꾸어엉!"

수달이 거칠게 고개를 끄덕였다.

예상하고는 있었지만 역시가 역시였군.

안절부절못하는 수달을 보며 한시민이 슬픈 눈동자로 토닥여 주었다.

"저 나쁜 놈들. 결국 저걸 부수기 위해 산맥에 들어왔구나, 이런 쓰레기들."

"꾸엉."

"……."

자기가 부숴주겠다고 스페셜리스트에게 돈을 받아 처먹은 기억은 머릿속에서 이미 깔끔하게 지웠는지 부리는 가식에 강예슬이 혀를 찼다.

당연히 한시민은 귓등으로도 듣지 않고 수달을 달랬다.

"어떻게, 내가 도와줄까?"

"꾸엉?"

"내 비록 저 악랄한 놈들을 전부 이길 힘은 없지만 적어도 저놈들 손에 네가 지키던 게이트가 부서지지 않도록 해줄 수는 있어."

"꾸엉!"

결연한 말! 멍청한 수달에겐 그야말로 한 줄기의 희망과도 같은 동아줄!

"그럼 그렇게 해줘?"

"꾸어엉."

수달이 감동한 눈빛으로 고개를 끄덕였다.

이 인간, 처음엔 분명 상종도 못 할 인간쓰레기였다. 광산을 깡그리 털어갔을 땐 정말 마음속으로 그 인간 놈의 부모부터 조상까지 욕할 만큼 마음에 들지 않았을뿐더러, 마지막에 둘러싸 폭행을 할 땐 정말 평생 이놈 얼굴을 보면 내가 수달이 아니라 미꾸라지라는 생각까지 했었는데 그런 마음이 거짓말처럼 사르르 녹는다.

아예 앙금이 사라진 건 아니지만 살짝 달라 보인달까.

그래도 이 인간은 저들과는 조금 다르구나. 내 광산을 턴 이유도 따로 있지 않을까.

이런 착각마저 들 정도!

그런 수달의 변화를 보며 한시민이 가식적인 미소를 띤 채 빼액이에게 소리쳤다.

"가자! 빼액아! 우리의 새로운 친구 수달이의 보물 창고의 마지막만큼은 명예롭게 해주자!"

"빼애애애액!"

하늘 위에서 맴돌던 빼액이가 주인의 명령에 우렁찬 울음소리를 내뱉으며 바닥으로 직행했다.

그야말로 전광석화와 같은 속도! 수십만 골드를 퍼부어 신체 스탯만 올린 보람이 느껴지는 광경!

'야, 이번에 제대로 하면 너도 좋은 거야, 인마. 얘가 광산 만들면, 어? 나만 좋겠어? 금광 나오면 바로 네 건데. 잘해라?'

더해지는 은밀한 거래!

수많은 사람의 시선이 갑작스럽게 등장한 빼액이에게 향했고, 그 순간 그 몸은 이미 게이트에 들이박고 있었다.

한시민과 스페셜리스트, 빼액이를 제외한 그 상황을 파악한 모든 이의 입에서 비명이 터져 나왔다.

"꾸어어엉!"

"안 돼에에에에에!"

[퀘스트를 완료했습니다.]

['시나리오 퀘스트:2막'이 클리어됩니다.]

['시나리오 퀘스트:3막'이 오픈됐습니다. 모험가들은 충분한 실력을 입증함으로써 세 번째 막을 진행할 자격을 얻습니다.]

역대급 뒤통수로 영화가 마무리되었다.

8

켄지는 영화의 묘미는 결말이라며 결말 부분에 심혈을 기울여 만들려 했지만 결국 실패했고 방송은 꺼졌다.

화가 나서가 아니다. 그 짧은 순간, 머리끝까지 차오르는 분노를 이기지 못했다면 방송을 끌 생각조차 하지 못했을 것이다.

그나마 켄지니까, 이성적으로 생각했으니까 방송을 끌 수 있었던 것.

그대로 방송이 나갔다면 지금껏 쌓아왔던 이 영화의 숨은 주인공은 한시민이 되었을 테니까.

"……."

영화는 종료되었고 유저들의 항의가 빗발쳤음에도 현장은 고요했다. 한없이 침묵으로 가득 찼고 또 정적이 흘렀다.

"다들 안녕하세요?"

그 와중에 정작 사고를 친 한시민은 아주 밝게 인사를 했다.

파티 상태였기에 함께 퀘스트를 완료한 스페셜리스트는 그래도 다른 사람들의 기분을 생각해 길드 대화를 켠 채 소리 내어 웃었고, 수달은 모든 걸 잃은 표정으로 박살이 나버린 게이트를 향해 터벅터벅 걸어갔다.

그런 와중 기승전결보단 영화가 끝난 이후, 엔딩 크레딧이 올라오며 나오는 오프 더 레코드가 더 재미있다고 생각하는 한시민이 방송을 켰다.

특별 공개! 수백만이 궁금해할 현장을 단돈 20만 원에 볼 기회!

시청자 수가 순식간에 만을 돌파했다. 비싸고 자시고를 떠나 찝찝함에 잠을 이루지 못할 사람들은 돈 아까운 것을 생각할 겨를이 없었다.

그야말로 틈새시장이자 완벽한 막타 스틸! 퀘스트도 스틸하고 시청자도 스틸한다. 괴도 시민의 강림!

시청자들이 들어오는 것을 봄과 동시에 태연하게 손을 흔든다.

"모두 몇 달 동안 메인 퀘스트 하느라 수고하셨습니다."

그리고 게이트에서 떨어진 몇 개의 아이템을 줍는다. 거기까진 아무도 반응하지 않았다. 하지만 스페셜리스트와 웃으며 자리를 뜨려 하자 결국 좌시하지 못했다.

"자, 잠깐!"

"예?"

천하의 켄지의 목소리가 떨릴 정도!

그만큼 지금 그가 받은 충격의 정도가 크다는 걸 의미했다.

당연했다. 전혀 예상치도 못했던 배신이었으니까.

누가 생각했겠는가.

"지도를 팔아놓고 왜……."

이상할 건 없다. 역시 게임이고 전혀 법적으로 걸릴 일은 아니니까. 다만 신뢰와 예의의 문제이다.

"돈을 받아놓고 왜……."

"뭐가요?"

"이런 개……."

켄지의 입에서 욕이 나왔다. 그런데도 한시민은 당당했다.

"지도만 팔았잖아요. 설마 그걸로 메인 퀘스트에 참여하지 않겠다는 무언의 약속이라도 하신 줄 알았어요?"

"……."

물론 뉘앙스는 그렇게 말하긴 했다.

하지만 속은 게 바보지!

거기다 인생 새옹지마라고 어디서 뒤통수 맞을 줄 모르는데 한가하게 영화나 찍고 있던 켄지의 잘못이 크다.

한시민은 당당했다.

그 당당함은 다른 유저에게 전파되었다.

'그렇긴 하네.'

'좀 양아치 같긴 한데. 먼저 먹는 놈이 임자긴 하지.'

대부분 게이트를 파괴해도 떨어지는 게 얼마 없는 유저들의 생각!

어차피 켄지 길드로부터 돈 몇 푼 받는 것보다 지금과 같은 막장 전개를 생중계로 보는 게 훨씬 재미있다. 그리고 그 대부분의 유저가 원정대를 이루는 주요 전력이었고.

하나 입 밖으로 멍청하게 내뱉는 이는 없었다. 켄지와 켄지 길드원들은 그렇게 생각하지 않았으니.

"지금부터 우리 켄지 길드는 스페셜리스트를 무한 척살 대상에 올려놓고 판타스틱 월드가 망할 때까지 전쟁을 시작합니다. 또한 이들을 죽이는 영상을 찍어오는 분껜 명당 50골드의 사례를 하겠습니다. 특히 시민, 저자는 다른 이들에 비해 2배를 지급하며 저들의 위치를 제보해 주시는 분들껜 소정의 사례를 하겠습니다!"

분노에 가득 찬 외침!

개인 방송은 껐지만 이미 한시민의 방송을 통해 그의 돈지랄은 전 세계에 생중계로 나가고 있었고 또 여기 모인 유저들이 켠 방송에서도 마찬가지로 퍼져 나가고 있었다.

그야말로 파격적인 조건!

게임을 하지 않고 온종일 스페셜리스트만 쫓아다니며 죽여도 로또 부럽지 않은 수익을 올릴 수 있다.

500만 원!

모여 다니는 스페셜리스트를 전부 죽이면 2천 5백만 원!

절로 침이 넘어간다. 동시에 고개가 갸웃한다.

'저 괴물들을 죽일 수나 있나?'

'우리가? 될까?'

돈도 돈이지만 거기에 걸어야 하는 배팅액도 생각해야지.

죽이는 것도 좋고 보상도 좋지만 덤벼들었다가 실패했을 시 돌아오는 건 자신의 죽음과 아이템 한 개 드랍이다.

메인 퀘스트마저 마지막에 끼어들어 스틸하는 놈이 달려드는 피라미 몇 마리를 너그러이 봐줄 리도 없고.

해서 호기로운 외침에도 유저들은 침만 삼킬 뿐 침묵을 지켰다.

말이 선두지 원래 전쟁터에서 가장 먼저 나대는 놈들은 꼭 제일 먼저 죽는다.

하지만 이미 이성을 잃어버린 켄지가 무기를 뽑았다. 그리고 말없이 뛰었다.

그건 곧 기회의 제공이었다. 그래도 저 괴물들을 어쩌면 한 번, 운 좋게 찔러 죽일 수 있는 기회.

메인 퀘스트의 끝까지 따라와 콩고물을 먹지도 못할 바에야 이쪽이 어느 정도 가능성이 있지 않을까?

머릿수만 천이 넘으니 내가 죽을 가능성도 훨씬 낮고.

"와아아아아아!"

오프 더 레코드.

메인 퀘스트 2막의 외전이 시작됐다.

"웃기고 있네. 오면 나야 좋지."

한시민의 패기와 함께.

Episode 31.
들어올 땐 네 맘, 나갈 땐 내 맘

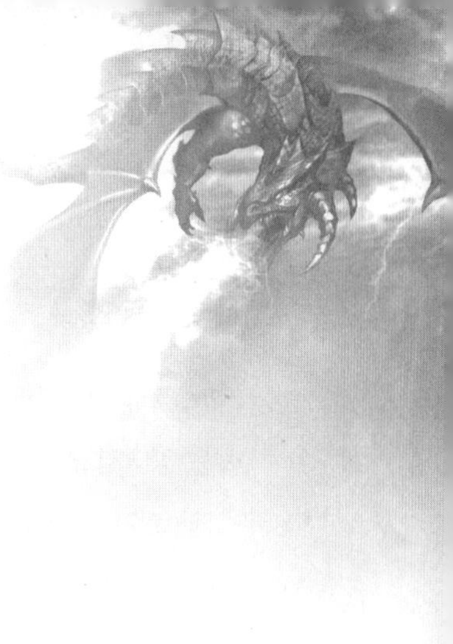

1

얼핏 보면 불리하다. 아니, 그냥 홍수에 떠밀려 내려가듯 사그라져도 이상할 게 없어 보인다. 그만큼의 숫자 차이가 한시민과 켄지 원정대 사이에 있었다.

"와아아아!"

그 차이만큼 사기도 자연스럽게 높아지는 법!

유저들이 핑크빛 미래를 꿈꾸며 함성을 내질렀다.

물론 누구도 선두에 서고 싶은 마음은 없기에 선두 쪽은 한산했다. 자연스럽게 켄지와 그의 길드원들이 선두에 섰고 거리는 좁혀졌다.

긴장감이 극에 달하고 일촉즉발의 상황!

가장 침을 삼키며 보는 이들은 역시 시청자들이었다.

—어떻게 될까?

—아무리 그래도 4 대 수천인데.

—4는 아니지. 웬만한 유저보다 강한 토끼들이 있잖아.

—그래 봤자 수천을 어떻게 막아?

논쟁! 누가 이길 것인가에 대한 열띤 토론!

싸움 구경만큼 재미있는 게 없기에 가능한 분위기다. 막상 저 전쟁터에 떨어지면 누가 이길지에 대한 고민보다 내가 어떻게 살아남아야 할 것인가에 대한 고민밖에 하지 못할 것임에도.

—난 스페셜리스트에 한 표 건다. 솔직히 이젠 뭘 해도 시민이 다 설계한 거 같음.

—ㅇㅈ 나도. 뭔 생각이 있으니까 적진 한가운데로 뛰어들었겠지. 이를테면 마을 귀환서 이런 거?

—그런 게 어디 있냐. 여기가 무슨 2D 온라인 게임도 아니고.

—혹시 모르잖음. 미치지 않고서야 수천 명하고 싸워서 이길 생각하고 왔겠음?

—아니면 그냥 죽으려고 온 거일 수도…….

—에이, 설마.

그러다 문득, 누군가 가장 합리적이고 그럴듯한 의견을 내놓았다. 처음엔 부정적인 느낌이 강했지만 듣고 보면 꼭 틀린 말은 아닌 것만 같은 내용!

—어차피 메인 퀘스트는 스페셜리스트가 막타 쳤고, 보상도 챙겼고, 테이밍한 몬스터들이야 빼액이한테 태워서 보내면 그만이고. 죽어서 떨어뜨릴 아이템이야 확률 게임 아님? 나라면 그럴 것 같은데.

—…….

그러네.

다들 고개를 끄덕이느라 채팅이 잠시 멈췄다. 하지만 이내 부정했다.

—에이, 설마. 이렇게 바람 잡아놓고?

—그러니까. 그럼 진짜 양심도 자존심도 없는 거지.

—20만 원이나 받아 처먹고 죽는 걸로 이 전쟁을 마무리 짓는다고? 오프 더 레코드라며?

그제야 자신들이 지불한 값어치가 떠오른다. 전쟁의 끝을 볼 수 있다는 가치에 20만 원을 투자한 거지 스페셜리스트만 좋은 결말을 구경하기 위해 낸 게 아니다.

—제발, 그냥 싸워라.

—싸우겠냐, 저 빈대 같은 놈이.

분위기는 점차 그렇게 흘러갔다. 그 짧은 시간에.

몇 초만 기다리면 해답이 나옴에도 초조해하는 시청자들!

그들을 위해 한시민이 망치를 쥐고 한 점을 향해 뛰었다. 토끼들과 함께.

—어?

—뭐지?

예상치 못한 반전!

당연히 그래야 할 그림임에도 불구하고 출연한 인물이 한시민이라는 이유만으로 배척받던 정석 플레이!

정면 돌파!

시청자들이 열광했다. 그리고, 한시민과 켄지가 격돌했다.

한시민 역시 아주 많고 깊은 고민을 했다.

'튀는 게 맞겠지?'

그 역시 딱히 많은 생각을 하고 냅다 들어온 게 아니기에.

우선 스페셜리스트와의 거래도 있었고 무엇보다 하늘에서 켄지가 온갖 똥폼을 다 잡으며 영화의 주연이 되려고 하는 게 아니꼬웠을 뿐이다.

해서 마음을 정하지 못하고 있을 때 선두에서 달려오는 켄지를 보았다. 그리고 결정했다. 매번 하던 선택 대신 다른 길을 가 보자고.

가능성은 충분했다. 강화된 장비들, 그리고 이번에 업그레이드된 토끼들까지. 비록 위험성은 한껏 올라가겠지만 원하는 대로 상황이 나와만 준다면 그 이후에 그가 얻을 수 있는 보상은 훨씬 커질 테니까.

'귀찮게 계속 쫓아다닐 텐데.'

거기다 켄지는 전쟁을 선포했다. 게임이 끝날 때까지, 누구 하나가 접어야 막을 내리는 전면전을!

그렇기에 지금 피해봤자 달라지는 건 없다. 오히려 초장에 밟아놓는 게 편할 수도 있다. 무엇보다 수만 명이 20만 원씩 내고 보는 방송의 끝을 이런 식으로 내면 장사에 결코 좋지 않을 것이고.

해서 이번엔 무리 좀 했다. 아니, 무리라고 생각이 들지 않을 정도의 부담이었다.

'저놈만 따면 돼.'

전쟁에서 왜 지휘관이 항상 맨 뒤에서 이래라저래라 명령만 내리겠는가!

그가 상징이기 때문이다.

전쟁의 기둥이자 머리이자 사기의 중심이자 핵심!

전쟁을 나서는 모든 병사는 그를 믿고 의지한다.

그런 지휘관이 죽으면?

자연스럽게 혼란이 온다.

그걸 노린다! 그리고 빠져나간다.

순식간에 그림이 머릿속에 그려졌다.

수천이고 수만이고 한 길만 뚫으면 나가는 건 어렵지 않다.

"와아아아!"

세상을 뒤흔드는 거대한 함성 속, 어느새 코앞까지 다가온 켄지를 향해 미소를 지어준다.

"혹시 전쟁하다 강화할 거 있으면 찾아와. 전쟁 특수라 값은 좀 나가지만 확실하게 강화해 줄 테니."

"……이런!"

동시에 부딪치는 무기들!

콰!

"크."

당연히 켄지가 주저앉았다. 그럴 수밖에 없다. 세상 모든 돈을 가져다가 처발라도 판타스틱 월드 내에선 한시민을 뛰어넘을 수는 없으니까.

다만 긍정적인 부분은 그가 한 방에 상태 이상에 걸려 추가적인 치명타를 입을 확률은 낮아졌다는 것이다.

거기다 전쟁은 일대일로 하는 게 아니다. 한쪽 무릎을 꿇은 켄지의 입가에 옅은 미소가 맺혔다. 막을 만하면 된 거다. 곧 있으면 그의 길드원들과 수천의 원정대원이 돈을 위해 달려들 것이다.

"넌 이제 끝……."

"뀨뀨뀨뀨!"

"뀨뀨!"

"다음에 봐. 안녕."

하지만 안타깝게도 그런 생각을 한 건 켄지만이 아니었다. 그보다 영악한 한시민도 했으며 토끼들은 그를 따르는 유저들보다 빨랐다.

새로운 무기로 무장한 토끼들에게 둘러싸여 처참한 최후를 맞이하는 켄지!

순간 달려오던 유저들의 발걸음이 거짓말처럼 멈췄다. 수천의 유저가 일시에!

물리법칙을 무시하는 판타스틱 월드의 게임성에 다시 한번 감탄이 나오는 장면.

오묘한 침묵이 맴도는 전장에서 한시민이 망치를 높이 치켜들었다.

"승리했다."

그리고 나직이 내뱉는 한마디. 지긋하게 두 눈을 감는 게 마치 영화에서 악마들을 물리친 영웅 같달까.

실제로도 유저들은 더 이상 다가올 엄두를 내지 못했다.

무서워서가 아니다. 저 압도적인 무력이 두려워서도 아니다.

"뭐야, 끝난 거야?"

"대장전이었어?"

"무슨 한 방에 뒤지냐."

"그럼 현상금은?"

"근데 그건 게임 망할 때까지라고 했잖아. 켄지 죽은 거랑은 상관없는 거 아냐?"

"그렇네."

"그런데 분위기상 왠지 빠져 줘야 할 것 같은데."

"……."

어색해서다. 어디서 주워 본 상식들을 종합해 보면 그들 같은 쩌리는 여기서 이제 도망쳐야 한다. 그래야 그림이 완성된다. 선두에서 길길이 날뛰어야 할 켄지가 한 방에 죽어버려 김이 샌 것도 있고.

유저들이 하나둘 눈치를 보기 시작했다.

어떻게 할까?

"후후."

그게 바로 한시민이 노리던 것!

술렁이는 무리를 보며 슬쩍 미소를 지었다.

이 틈에 이제 도망을 가면…….

"죽어!"

되는데 아쉽게도 모든 유저가 같은 마음은 아니었나 보다.

그의 등 뒤에서 무기가 날아왔다. 똥폼 잡고 있던 한시민이 그대로 무기를 맞았다.

"억!"

큰 대미지는 아니었지만 숙연하던 분위기는 깨졌다.

"어떤 새……."

인상을 찡그리며 고개를 돌리자 분위기에 연연하지 않는 소수의 유저가 눈에 들어왔다.

켄지 길드원들!

"아, 재들은……."

잊고 있었네.

"슈밤."

그건 곧 하나의 결론을 도출해 냈다. 아니, 눈앞에 다가올 미래랄까.

"와아아아아!"

지휘관을 잃은 군대임에도 전쟁이 이어졌다.

2

후회가 물밀듯 밀려왔다.

'그냥 튈걸.'

튀었으면 이렇게까지 개고생하지는 않았을 것이다.

"아, 우씨! 힘들어!"

"야, 예슬아. 메테오 다섯 개 그런 건 못 쓰냐?"

"내가 그런 걸 어떻게 써!"

"어휴, 쓸모없는 것. 기껏 스킬북 팔아줘도 쓰지를 못하네. 쯧쯧."

아직 희생자는 없다는 게 다행이라면 다행인 점이랄까.

물론 결코 좋은 소식은 아니다.

"왜 이렇게 많아! 제발 좀 꺼져!"

지금 상황은 절대 한시민의 머릿속에 있는 대로 흘러가지 않고 있었으니까.

"아오, 보통 이럴 때 영화에선 주인공이 돌파해서 도망치지 않냐."

"오빠가 영화 주인공일 때나 이야기지."

"그건 그러네."

죽여도, 죽여도 밀려드는 유저들!

소수의 인원으로 길을 뚫는다는 건 결코 쉬운 게 아니었다.

해서 한참을 싸우던 한시민은 다른 방법을 물색해야 했다.

이대론 안 된다. 도망이고 뭐고 치기도 전에 힘이 빠져 죽을지도 모른다.

"야! 빼액아, 토끼들 태워서 튀어!"

"오빠!"

"걱정하지 마. 우린 우리대로 방법이 있으니까."

그래도 살 사람은 살아야 하잖아.

한시민이 신뢰 가득한 눈빛으로 스페셜리스트를 설득하며 빼액이와 토끼들이 도망칠 시간을 벌어주었다. 물론 그 대가는 크게 돌아왔다.

"잠깐! 다들 멈춰봐요!"

둘러싸여 정말 등과 등을 맞대고 겨우 서 있는 넷과 여전히 남은 수천의 유저. 온몸이 땀에 절었지만 유저들의 표정엔 기쁨이 가득했다.

마치…….

"레이드 보스 된 기분이다."

"그러게. 보스들도 머릿수로 밀어붙이는 유저들 보면서 이런 생각 했으려나?"

"죽기 전에 얼마나 억울했을까."

이런 기분이랄까.

승리를 확정 지었다는 생각 때문인지 시간을 주는 유저들에게 한시민이 다급하게 말했다.

"오늘은 여기까지 합시다."

"……?"

뻔뻔하게, 그리고 자연스럽게.

"생각해 보니 제가 접속 종료한 지 벌써 48시간이 지났더군요. 여러분도 다르지 않죠? 매일 게임만 한다고 밥도 제대로 안 챙겨 먹고 그러지 마세요. 아무리 게임이 좋더라도 우리 현실의 나는 챙기면서 해야죠? 그러니까 지금부터 1시간만 밥 탐 갖고……."

"죽ㅇ……!"

"아! 알았어! 알았다고요!"

물론 통할 리가 없다.

한시민의 몇 마디보다 켄지가 죽기 전에 넷의 목에 걸었던 현상금이 더 머릿속에 맴도는 유저들이 한 걸음씩 다가왔다.

켄지 길드원들은 오히려 물러서 만에 하나의 상황을 대비하며 변수를 차단했다.

현상금이야 그들에게는 그리 의미가 크지 않은 금액!

길마의 복수를 위한 선택에 한시민이 혀를 찼다.

역시 게임은 영화랑 다르구나.

어쩌겠나. 최후의 순간에 쓰려고 아껴두었던 카드를 꺼내야지.

“하, 이 방법까진 안 쓰려고 했는데.”

속이 쓰려온다.

이런 억척같은 인간들.

체념한 한시민이 소리쳤다.

“절 무사히 이곳에서 빠져나가게 해주시는 100분께 무료로 장비 13강 해드리겠습니다!”

“……?”

3

에엥?

사람들이 순간 멈칫했다.

잘못 들은 건가?

아닌데.

아까보다 더한 침묵과 명상의 시간이 전장을 지배했다.

당연하다. 아까는 그냥 제삼자의 입장에서 이 영화의 외전에 참여해야 말까에 대한 고민을 했다면 지금은 자신이 직접 주인공이 되어 어느 쪽에 설 것인지에 대한 판단을 해야 하는 상황이니까.

이상하긴 하다.

"어디가 착한 쪽이지?"

"지금 그런 게 중요하냐."

"하긴."

"어디가 이득이냐가 문제지."

전장을 깊숙이 내리누르던 긴장감은 어느새 사라졌다. 남은 건 눈치뿐.

그런 와중에 재빠르게 계산을 끝낸 유저들이 움직였다.

우르르!

"감사합니다. 여러분의 은혜, 잊지 않겠습니다."

적어도 수천 명이 네 명을 핍박하며 죽일 때 내 검이 그들 중 한 명을 찔러 넣을 확률과 수천 명을 뚫고 나갈 100인의 결사대가 되어 목숨을 부지할 확률을 비교했을 때 후자 쪽이 그래도 로또 맞을 확률만큼 더 가능성이 높다 판단한 이들!

이를테면 어중이떠중이들.

자신들은 가장 현명한 판단을 했다고 믿지만 사실은 제일 생각 없고 멍청한 이들!

'애들은 일단 거르고.'

그런데도 한시민은 웃으며 환영해 주었다. 이런 사람들마저 지금 상황에선 도움이 된다. 적어도 네 명으로 지금 상황을 타개할 방법은 없으니까.

"그럼 부탁드립니다."

"와아아아!"

"비켜라!"

"아군이다! 사격 중지! 도와주세요! 제 무기 13강 해야 해요!"

덕분에 얼떨결에 길이 조금 열렸다. 불과 몇 분 전까지만 해도 일면식 하나 없던 사이라도 같은 편에서 공동의 목적을 향해 달려 나갔던 이들이 반대로 적을 위해 길을 뚫어주고 있었기에.

어떻게 해야 하지? 검을 휘두르기엔 뭔가 민망한 상황인데.

그때 켄지 길드원들이 나섰다.

"공격하십시오! 길마님께서 배신자들의 목엔 5골드씩 거신다고 하셨습니다!"

"……!"

반전과 배신의 연속!

한시민과 죽은 켄지의 잔머리 싸움에 또 한 번 혼란의 도가니가 찾아왔다.

어떻게든 한자리 끼워보겠다고 마음을 변심한 100이 넘는 유저와 소식을 들은 원정대 유저들의 시선이 마주쳤다. 그리고 지옥은 시작됐다.

"와아아아아!"

양쪽에서 뿌려대는 돈지랄로 인한 개미지옥이.

한시민의 세력은 빠르게 줄어 나갔다.

어쩌면 당연한 결과!

약 200명가량이 합류했다 한들 상대는 여전히 천 단위를 유지하고 있는 군대다. 어림잡아 일곱 배는 차이 나는 전력, 거기다가 많은 수가 적은 수를 에워싸고 있는 상황에서 적은 수가 저항할 수 있는 방법은 없다. 무엇보다 전력의 차이가 심했고.

"역시 안 되네."

"……."

한시민도 알고 있었다. 애초에 별 기대도 안 했다. 13강 100명이라는 공수표를 남발한 것도 이들을 위한 것이 아니다.

"오빠, 어떻게 해? 이 틈에 도망쳐야 하는 거 아냐?"

"그러니까 길 좀 뚫어봐."

"너무 많아."

강예슬의 투덜거림을 대충 받아치며 열심히 눈치를 본다. 도와주는 유저들이 있을 때 한 명이라도 적을 줄이는 게 나음에도 망치를 휘두르는 대신 전장의 분위기를 살피며 타이밍을 노린다.

'역시 세상은 넓고 영악한 놈은 많아.'

그러면서 새삼 감탄했다. 나름 죽기 직전의 상황에 온갖 머리를 다 굴려 겨우 생각해 낸 훌륭한 대책이라 생각했었는데 그걸 듣고도 냉철하게 사태를 파악하고 계산한 뒤 각을 보고 있는 유저들이 있지 않은가!

난리 통이라 잘 보이진 않지만 쓰레기는 쓰레기를 알아본다랄까.

전장을 한번 훑은 한시민은 알 수 있었다. 다들 골드에 눈이 멀어 죽자 살자 싸우는데 슬쩍 뒤로 물러나 있는 유저들이 있다는 걸.

켄지 길드원도 아닌데 그렇다는 건 원하는 바가 있다는 뜻.

역시 속물들이라 마음에 들진 않지만 그런 이들의 손마저 빌려야 하는 급박한 상황.

그의 편에 서 있는 유저들이 거의 다 줄었을 때쯤 다시 한 번 외쳤다.

"50명에게 14강!"

"……."

4

로그아웃당한 켄지는 밖에서 실시간으로 전투를 지켜보는 중이었다.

찢어 죽여도 시원치 않을 한시민의 방송을!

무려 20만 원이나 내며!

어쩔 수 없는 선택이었다. 다른 유저의 방송을 택할 수도 있지만, 워낙 사람들이 붐비는 장소고 초점을 잡기도 쉽지 않았으니까. 길드원들이야 이미 뒤로 빠져 있었기에 말할 것도 없었고.

그런 상황에서 진행되는 한시민의 계략은 어이가 없을 정도였다.

—와, 저런 식으로?

—좋다고 가는 멍청이들은 뭐냐.

—이해는 됨. 나라도 시민 저 사람 쪽에 서고 싶겠다. 13강이면…….

켄지 원정대 소속이지만 그와는 그리 연관이 없는, 그저 돈 때문에 온 유저들의 변심.

소수고 여전히 대세는 원정대 쪽에 있지만 절대로 좋은 분위기는 아니라 판단해 길드원에게 연락을 해 변심한 유저들에게도 현상금을 걸었다.

덕분에 전쟁은 다시 시작됐고 한시민의 위기가 다시 찾아옴과 동시에 일이 또 한 번 터졌다.

–14강?

–미친 거 아님?

–50명으로 줄고 14강이라……. 저러면 핵심 전력들 이탈도 염두에 두어야겠는데?

채팅창의 내용대로 또 한 번 수많은 유저가 탈주했다.

한시민은 50명 한정이라 외쳤지만 숫자에 연연하는 사람은 없었다. 여전히 뚫어야 할 적은 많았고 적어도 안전한 장소로 나갔을 때 자신은 살고 다른 이들은 죽어 50명이 맞춰질 것이라 생각했으니까.

해서 다시 비등한 국면으로 나아갔다. 아니, 아까와 비교하면 기세가 한시민 쪽으로 기운 게 아닌가 싶을 정도로 그의 처지가 많이 호전됐다.

"……."

그런 상황에서 켄지는 인상을 찌푸린 채 어떠한 지시도 내리지 못했다. 어이가 없을뿐더러 계산하기 바빴으니까. 어떻게 해야 할지.

증거는 없지만 공수표일 게 분명한 저 말!

함께 공수표를 남발하기엔 그가 얻은 명예와 신뢰가 한순간 무너져 내릴 수도 있다. 게다가 한시민은 여차하면 50명에게 정말 14강을 해주면 그만.

받는 입장에선 엄청난 가치일지 몰라도 재주를 가진 한시민에겐 그냥 조금의 시간만 투자하면 되는 일이다.

반대로 켄지의 경우엔 뭘 하든 돈이 나간다. 어마어마한 양이.

말 한번 잘못 했다간 배보다 배꼽이 더 커지는 경우가 발생할 수도 있다. 이미 발생하고 있기도 하고.

한시민 쪽에 붙은 유저가 이미 200 넘게 죽었으니 5골드씩 1천 골드다. 여기서 100이 넘게 더 붙었으니 계산하면 1,500 골드.

차라리 나쁜 놈이 되고 떼먹는 편이 나을지도 모르는 손해.

거기서 한시민이 쐐기를 박았다.

"15명에게 15강! 제발 살려만 주십쇼! 형님들!"

더 이상 방송으로 송출되는 장면은 전쟁이니 지옥이니 말할 게 못 됐다.

개판.

개판의 시작이었다.

—여러분은 지금 인간이 게임에 미치면 어떻게 되는지를 감상하고 계십니다.

—이게 판타스틱 월드냐 배틀 로얄이냐.

—진심 소름 돋는다.

—15강이 뭐기에 동료를 배신하고 저러냐.

—15강……. 대단하긴 하지. 시민 저 사람 템을 봐라. 다 15강이잖아.

—솔직히 나라도 배신하겠다. 뭐 소속감이 있냐, 이득 볼 게 있냐. 운 좋게 살아남은 15인에 포함되면 로또보다 더한 거 아니냐?

—[속보] 지금 거래 중개 사이트에 15강 강화권 20억에 산다는 글 올라옴.

이미 영화니 오프 더 레코드니를 떠나 막장으로 치닫는 방송을 저도 모르게 보고 있는 유저들이 혀를 찼다.

이해하면서도 이해하기 힘들다. 게임이니 가능한 일이라 생각이 들면서도 저러고 싶을까 고개가 갸웃하기도 하고.

물론 시청자 수는 시간이 지날수록 늘었다. 순수 시청자로만 한시민이 벌어들이는 수익은 그가 말한 15강 15명을 해주고도 억 소리 나게 남을 만큼의 이득!

어떻게든 한시민을 비롯한 스페셜리스트를 보호하며 싸움

이 일어나는 장면은 진국이 따로 없었다.

사실상 전쟁은 끝난 셈.

남은 건 어떻게 해야 할지 명령을 기다리는 켄지 길드원들과 15인을 가리기 위해 생사결을 펼치는 유저들뿐.

그걸 어딘가에 숨어 있다가 나온 빼액이의 등에 탄 한시민이 팝콘을 뜯으며 구경했다. 토끼들과 함께.

그러다 시간이 흐르고 숫자가 눈에 띄게 준 게 보였을 때.

"여보세요?"

한시민이 현실과 연결된 전화를 받았다.

잠깐의 음소거.

그리고.

"으아아아아아아아악! 시바아아아아아아아아!"

[방송이 종료되었습니다.]

–예?

–??????????????????????????

자취를 감췄다.

방송에서도, 전쟁터에서도.

5

당황스러운 건 스페셜리스트도 마찬가지였다. 그런 와중에서도 정설아는 침착하게 현실을 파악했고 문제를 해결하기 위한 대책 대신 로그아웃을 택했다.

캐릭터는 그대로 남아 있겠지만 빼액이와 토끼들이 있으니 어떻게든 괜찮으리란 판단.

그리고 곧장 한시민에게 연락을 했다.

–하아, 네. 설아 씨.

"무슨 일 있으세요?"

전화를 받자마자 들려오는 깊은 한숨과 한층 가라앉은 목소리에 정설아가 걱정스럽게 물었다.

뭐지? 무슨 일이지?

원래는 그냥 먹고 튀기 위한 수단인 줄 알았다.

15강 15명.

분명 한시민이 가지고 있는 수많은 가치 있는 아이템과 그의 목숨, 2일 동안의 시간을 비교해 보면 제시할 수 있는 보상이었지만 한시민의 성격으로 보아 그렇게 쉽게 남의 장비를 공짜로 강화해 줄 리가 없었으니까.

마지막에 뒤통수를 쳐서 15명은커녕 단 한 명도 남기지 않거나 튈 거라 생각했었다. 소리 지르며 로그아웃하는 걸 보며 후자라 판단했고.

그런데 목소리를 들어보니 그게 아닐 거 같다는 생각이 든다. 저마저도 연기일 수도 있지만 정설아에게까지 연기를 할 필요는 없기에.

—큰일 났어요.

"무슨……."

—일단 만나서 얘기해요. 하아.

항상 밝던 한시민이 저럴 땐 무언가 이유가 있으리라.

강예슬과 정현수까지 오랜만에 한자리에 모였다. 자연스럽게 시키는 맥주와 들이켜는 한시민.

"크."

"왜, 오빠. 무슨 일인데?"

"하아, 망했다."

"뭔데?"

항상 앙숙 같던 강예슬도 걱정스레 물었다.

원래 티격태격하는 사이가 더 깊은 우정이 쌓이는 법!

근심이 가득한 한시민의 얼굴에 걱정이 될 수밖에.

"뭐, 아이템이라도 흘렸어?"

"아니."

"그럼, 집안에 안 좋은 일이라도 생겼대?"

"아니."

"아, 그럼 뭔데!"

물론 그 성격이 어디 갈까.

답답함에 강예슬도 맥주를 들이켰다. 잠시 망설이던 한시민이 말을 꺼냈다.

"나 내일 동원이래."

"……?"

"엥?"

"게임 하느라 몰랐는데 그렇다네."

"……."

하루 종일 뜬금없는 전개에 변수에 상황이라 조금 익숙해져 있던 셋이 황당함에 잠시 멍 때렸다.

"푸하하하하!"

그러다 웃었다. 그리고 감격했다.

"오빠도 현실에선 평범한 남자였구나."

찔러도 피 한 방울도 나오지 않는 게 이 세상 사람이 아닌 줄 알았는데.

동시에 군대의 위엄에 감탄을 내뱉었다.

"천하의 한시민을 떨게 하다니."

"떨다니. 상당히 귀찮고 짜증 나고 의욕이 떨어져서 그러는 것뿐이지."

"어쨌든. 그럼 내일부터 게임 못 해?"

"2박 3일 동안."

"그럼 전쟁은? 이대로 먹튀?"

"그럴 순 없지."

맥주를 들이켜던 한시민이 미소를 띠었다. 그는 애초에 먹튀 같은 걸 할 생각이 없었다. 아무리 게임이지만 그에겐 직장과도 같은 곳! 어찌 이름값으로 먹고사는 사람이 그런 불경한 짓을 저지른단 말인가.

어쩌다 보니 일단은 먹튀가 되었지만 지금의 상황을 이대로 나 몰라라 내버려 둘 생각은 전혀 없었다.

해서 속삭였다. 그가 없을 동안 사태를 해결해 달라는 부탁을 하기 위해.

"일단 내일 접속하면……."

6

혼란은 남아 있는 사람들에게도 적용되는 것이었다.

어느 순간 사라진 한시민, 갈 길을 잃은 유저들의 칼날.

난 무엇을 위해 싸웠으며 무엇을 위해 싸워야 하는가!

켄지의 명령을 받아 은근슬쩍 무리에 끼어들어 15인에 포함되기 위해 싸우던 켄지 길드원들도 얼른 내뺀 뒤 여론을 조장했다.

어려울 건 없었다. 켄지가 없는 틈을 타 사람들을 선동하던 한시민이 사라졌고, 그 이후로 모습을 드러내지 않았으며, 커뮤니티에도 어떠한 글을 올리지 않았으니까.

그냥 내뱉으면 진실이 되는 순간!

"역시! 도망치기 위한 공수표 남발이었던가! 이런 비열한!"

"와, 개쓰레기네."

"뭐야, 그럼 우리 가지고 논 거임?"

"믿고 싸워줬더니 어이가 없네."

유저들 99.99%는 자신의 장비 강화를 위해 싸웠지만, 지금만큼은 한시민의 인격과 품성과 신의를 믿고 그를 순수하게 구하기 위해 온몸을 다 던진 열사가 된 양 그를 까기 바빴다.

그럴 수밖에 없다. 어쨌든 최후의 15인에 자신이 들어갈 확률은 굉장히 낮지만 그건 까봐야 아는 거라 믿고 있었고 승자가 나오기도 전에 개최자가 사라졌으니 그 조건이 걸린 내기는 무효가 된 것이라 봐야 하므로.

이를테면 놀부 심보다.

비록 나는 힘들지만 너희도 얻지 마라. 다 같이 죽자!

해서 켄지가 얼른 커뮤니티에 올린 한시민 저격 글이 빠르게 베스트 게시물에 올라갔고 온갖 욕으로 도배되었다.

정말 욕을 먹을수록 오래 산다는 미신이 진실이라면 한시민은 3대를 살고도 건강하게 에베레스트를 등산할 수 있을 정도.

그런데도 당사자는 등장하지 않았다. 아니, 그게 정상일 정도로 커뮤니티와 게임 내, 심지어 판타스틱 월드와는 전혀 관계도 없는 곳에서도 분위기가 뜨거웠다.

그만큼 판타스틱 월드가 이제 현실에서도 뿌리 깊이 사람들의 일상을 차지하고 있다는 증거였지만 한시민에게는 그리 좋은 징조는 아니었다.

그렇게 하루가 흘렀다. 대놓고 언론 플레이를 시작한 켄지가 한시민에 대한 반 여론을 조장하고 그는 레벨 1이 되어 게임을 접을 때까지 죽어야 한다고 소리 내어 외치고 있을 그런 시기.

한창 좋을 때, 죽음의 억울함을 계기로 목소리를 더 크게 낼 때. 그들이 찾아왔다. 게임 속 켄지에게.

"돈 주세요."

"……?"

바로 스페셜리스트!

커뮤니티에 하나의 동영상을 올린 채 손을 내밀었다.

"죽이면 100골드라고 하셨죠? 증거는 커뮤니티에 있으니 확인해 보시고 돈 주세요."

"……."

기세등등하게 선거 유세하듯 팔팔하던 켄지의 입이 순간 꿀 먹은 벙어리가 된 듯 닫혔다. 무슨 일인지 똑똑한 머리는 이미 계산을 끝낸 것.

인상이 그보다 더 험악하게 일그러질 수 없을 정도로 찡그려졌다. 동시에 인생을 재미를 위해 사는 강예슬의 귀엽고 예쁜 미소가 주변을 환하게 밝혔다.

아니, 사악한 미소가.

1분 8초짜리 영상은 정말 별거 없었다. 그냥 없는 것투성이였다. 이보다 없어 보일 수가 있을까.

어떻게든 베스트 게시물이 되어 메인에 노출 한번 되어보려고 수백만 원짜리 편집자를 고용해 동영상을 화려하게 꾸미고 장식하고 편집하는 시대 속, 이런 성의 없는 동영상을 어떤 양심도 없는 놈이 올렸을까 고민을 하게 만들 정도의 볼품없음이랄까.

편집도 없고 내용도 없고 분량도 없고 대사도 없다.

기승전결.

사람들이 흔히 어디에든 들어가야 마땅하다 여기는 그런 것조차 없다.

영상의 시작.

그곳엔 이 영상이 무엇이고 어떤 의도로 찍혔으며 무엇을 보여줄 것이다.

그걸 말해야 함에도 당장 한시민의 얼굴부터 나왔다. 두 눈을 감고 바닥에 누워 있는 모습. 그리고 뒤이은 정설아와 강예슬, 정현수의 얼굴들.

그게 아무것도 없는 동영상이 화제 게시글에 오른 이유일지도 모른다는 댓글이 달릴 정도.

그렇게 신원 공개가 30초.

여신이나 다름없는 정설아가 검을 꺼내 강예슬에게 초점을 넘기고 한시민과 투 샷이 잡힌 상태에서 검을 찌르는 모습이 20초.

체력의 고갈과 함께 죽음에 이르는 한시민.

그리고 사라지는 캐릭터, 떨어지는 아이템.

그게 18초.

정확히 68초짜리 동영상은 그렇게 끝났다.

켄지는 그걸 보고 어떠한 말도 할 수 없었지만 유저들의 반응은 뜨거웠다.

—기가 막힌다.

—ㅋㅋㅋㅋㅋㅋㅋㅋㅋㅋㅋㅋㅋㅋㅋㅋㅋㅋㅋㅋㅋ

—ㅇㅈ

—이 정도면 인정한다.

—ㄹㅇ 현실이면 어디서 눈 가리고 아웅질이냐며 욕 처먹어도 싼데 게임이니까.

—게임이라도 목숨 내어준 정도면 뭐.

누가 봐도 자신이 내건 공수표마저 욕먹기 싫어 부린 수작이다.

같은 편이나 다름없는, 수십억을 내며 거래하는 유저를 로그아웃한 사이에 뒤통수치고 죽인다?

말도 안 되지만 동시에 말이 된다.

"그냥 한 번 죽이고 100골드면 괜찮겠다 싶어서 로그아웃했을 때 죽였어요."

"말도 안 되는……."

"그때 방송 끈 거는 갑자기 똥이 마렵다고 하더라고요."

"……."

"죽였으니 100골드 맞죠? 얼른 주세요."

게임이니까.

판타스틱 월드가 열리고 그 엄청난 현실감에 수많은 이야기가 현실에서 논란이 되었을 때마다, 지겹도록 이제는 그만 좀 들어도 될 것 같은 시기마다 등장하는 마법의 단어.

그러면서도 쓸 때마다 고개를 끄덕이게 만드는 진리.

모든 게 용서되는 게임!

부모 · 자식 간에도 레벨 업을 위해, 아이템을 위해 배신해도 문제가 되지 않는다.

비록 인륜이니 뭐니 욕이야 나오겠지만 뭐 어떤가. 이런 말마저 나오는 게임에서 동료 하나쯤 한 번 죽이는 게 대수랴.

그 속에 담겨 있는 한시민의 의도와 뻔히 보이는 수작질임에도 유저들과 사람들은 생각지도 못한 계략이 고개를 끄덕였고 사람들을 선동하던 켄지는 더 이상 그에 대해 이야기를 꺼낼 수 없었다.

확실히 관점의 차이이기도 하다. 판타스틱 월드 내에 형성되어 있는 캐릭터의 죽음에 관한 관점의 차이!

유저들은 죽음이 그 무엇보다 앞서는 가치라 생각하지만 한시민은 아니기에. 아니, 한시민 역시 마찬가지지만 손해 볼 게 없을 땐 언제든 죽을 각오가 되어 있다.

어차피 스페셜리스트에게 죽으면 무슨 아이템이 떨어지든 회수할 수 있고 레벨 역시 경험치를 다시 올리는 게 아깝긴 하지만 이미 포기한 숫자 따위.

게다가 사망 페널티 48시간은 동원 훈련을 갔다 오면 풀려 있고 그로 인해 무사히 살아 나간다는 조건이 무효가 되었으니 사람들에게 강화를 해줄 필요가 없다.

가장 중요한 것으로 방송 수익과 더해지는 그를 죽여 얻는 100골드의 포상금.

"아싸! 언니, 이거 우리가 처음으로 시민 오빠한테 받는 더 높은 비율 맞지?"

"좋아?"

"당연하지. 아, 시민 오빠 죽이는 거 그거 내가 했어야 더 짜릿한데. 아깝다."

거기서도 30골드를 받기로 했고.

완벽하다. 계획대로라기엔 우여곡절이 많았지만 어쨌든 결국 한시민과 스페셜리스트에게 유리한 쪽으로 결과가 나왔다. 비록 안개 사냥터는 더 이상의 기능을 상실한 상태지만.

"아, 맞다. 수달."

"……!"

그리고 뒤늦게 뿌듯함에 켄지를 등지고 나서는 스페셜리스트가 잠시 잊힌 존재를 떠올렸다. 동시에 다시 산맥으로 향했다.

7

3일 뒤.

한시민이 집에 돌아왔다. 녹초가 되어.

"하, 시밤."

머릿속에서 까맣게 잊었던 지옥의 21개월이 다시금 떠오르는 환경에 욕이 절로 나온다.

그래도 끝났으니까.

얼른 화장실로 들어가 따뜻한 물로 군복을 입음으로써 씌웠던 군대의 향기를 모조리 씻어 내리고 캡슐로 향했다.

고작 3일 안 봤다고 어색한 캡슐!

"……."

일 줄 알았는데 아니네.

몸에 착착 감긴다. 그제야 집에 돌아온 느낌이 나며 눈을 감는다.

익숙하게 점멸되는 시야, 그리고 보이는 리치 영지.

"후."

죽었었지.

영상은 훈련받고 휴식 시간에 몰래 봤다.

아주 깔끔하게 한 치의 망설임도 없이 검을 찔러 넣던 정설아!

역시 무서운 여자야.

고개를 저으며 아공간을 확인한다.

무슨 아이템이 떨어졌으려나. 딱히 비는 건 보이지 않는데.

꼼꼼히 확인한 한시민이 이내 뭐가 사라졌는지 알아챘다.

게이트를 부수고 떨어진 보상 중 하나!

"저 왔어요."

-저희 영지예요.

그걸 회수하기 위해 스페셜리스트를 찾아 떠났다. 그리고 마주했다. 그 역시 잠시 잊었던 존재와 함께.

"꾸어엉?"

"어라?"

"……그래서 줬다고요? 보상을?"

"네, 어쩔 수 없었어요. 알아서 찾아온 거라. 안 줬으면 아마 못 데리고 왔을 거예요."

"……."

정설아로부터 들은 수달과의 재회, 그리고 함께 온 경위를 들은 한시민이 침묵했다.

게이트에서 떨어졌던 보상 중 하나가 수달이 마지막까지 들고 있던 광석과 같은 것이었고 그걸 수달이 느끼고 찾아와 달라 했으며 빌미로 데리고 와주었다는 것.

딱히 뭐라 할 건더기가 없다. 그가 난리 통에 수달을 잊은 것도 있었고. 사실 도망쳤어도 뭐라 할 말이 없는 상황이지 않은가.

"고마워, 수달아. 역시 너도 내가 그리웠구나."

"꾸엉."

어쩌겠나. 뭔 효과가 있는지도 모르는 광석 따위 하나 주고 광산을 만드는 금덩이를 얻는 게 더 이익일지도 모르지.

해서 쿨하게 고개를 끄덕였다. 여러모로 이번엔 스페셜리스트의 도움도 많이 받았으니까.

"이거 이번에 나온 보상들이에요. 전 수달이 가져간 걸로 퉁칠 테니까 알아서 나누세요."

베푸는 인심!

물론 그 전에 확인하고 딱히 그가 쓸 만한 건 없기에 내린 결정이지만.

"이번에도 수고하셨어요."

"별말씀을요. 다음 메인 퀘스트는 언제부터 진행해요?"

"일단 100레벨은 찍어야 할 거 같아요."

"……징그러운 게임이네요, 역시."

훈훈한 마무리와 또다시 시작되는 레벨 업의 압박에 심심한 애도를 표한다.

이제 70레벨을 넘고 미지의 산맥이라는, 그래도 다른 사냥터보단 좋은, 메인 퀘스트가 끝나고 예전만큼은 아니지만 불규칙하게나마 예전의 모습을 찾은 사냥터가 있다고는 하지만 100레벨까지의 여정은 절대 짧지 않으리라.

그 과정에서 역시 한시민에게 많은 일자리가 생기겠지.

"전 오랜만에 강화 좀 하러 가야 할 것 같아서. 열렙하고 계세요."

"……네."

그걸 사전에 차단했다.

초심을 잃은 건 아니다. 통장에 아무리 돈이 많다 해도 만족할 수 없는 한시민에겐 언제나 꿀 같은 돈!

다만 가치 판단의 문제다. 스페셜리스트에게 붙어 돈을 버는 것도 좋지만 지금 그에게 가장 중요한 건 테이밍 되지 않은 수달을 확실히 묶어두는 것. 그 해답의 실마리를 이번에 본 것 같기에 실력 발휘를 하리라 다짐했다.

'강화한 지도 좀 됐고.'

오랜만에 보여주리라. 베타고도 놀라게 한 강화 실력을!

……수달에게.

"가자, 꾸엉아. 비록 우리 사이엔 레벨이라는 개 같은 벽이 있지만, 그딴 벽 따위 문제가 되지 않는다는 걸 보여주마."

의심이나 걱정은 하지 않았다. 사람이고 수달이고 강화에 한 번 빠지면 절대 헤어 나올 수 없다는 건 이미 알고 있으니까.

한시민은 원래 강화를 위해 게임을 시작했다.

강화로 돈을 벌고 강화로 땅을 사자!

애당초 그런 능력이 어째서 사고로 생겼는지에 대한 분석보다는 이해하지도 못할 거 그냥 쿨하게 받아들이고 앞으로 먹고살 길이나 찾아보자는 생각!

해서 게임을 시작했고 나름 충실히 그 뜻을 이행하고 있다 자부했다. 하지만 어쩌다 보니 메인 퀘스트를 진행하게 되었고 강화는 잠시 미뤄지게 되었다.

그러다 다시 강화하려니 감회가 새로웠다. 마치 집으로 돌아온 기분이랄까.

"역시 사람은 놀던 물에서 놀아야 해."

비록 메인 퀘스트도 그가 거의 다 설계하고 진행한 것이나 다름이 없지만 메인 퀘스트와 강화를 비교하기엔 큰 차이가 있다.

어떤 변수가 일어날지 몰라 계속 노심초사해야 하고 제발 내가 생각한 대로 사람들이 움직여 주기를 바라야 하는 것과 달리 강화는 그 본능이 시키는 대로 가서 망치를 두드리기만 하면 되는 것이니까.

마음이 편하다. 그리고 깔끔하다.

한 번 강화에 13만 원씩 사라진다는 게 흠이긴 하지만.

'그 정도야, 뭐.'

여전히 알뜰하다 해도 사람이란 원래 자리에 따라 달라지는 법.

이번 퀘스트를 진행하며 방송을 통해 어마어마한 수익을 벌어들여 통장에 170억이 넘는 현금이 있고 골드로만 35만 골드를 갖고 있는 한시민에겐 이제 강화석은 더 이상 속을 쓰리게 하는 소모품이 아니었다.

그저 쓸 땐 쓸 수 있는 그런 물품!

"캬."

많이 성장했구나, 시민아.

자기 자신에게 칭찬해 주며 수달을 보았다.

"꾸엉."

괜히 머리를 쓰다듬어 주고 싶은 비주얼의 울음소리. 앞으로 함께해야 한다는 생각까지 드니 잘해주고 싶다는 마음이 마구 든다.

그렇기에 손을 내밀었다.

"마, 그거 줘봐. 형아가 강화해 준다."

"꾸어엉?"

"얼른."

선심! 천하의 한시민이 선심을 쓴다!

물론 그를 아는 사람이 본다면 미래를 위한 투자 정도로 생각하겠지만 자기 자신은 선심이라 생각하며 격렬히 고개를 젓는 수달의 광석을 빼앗았다.

고작 두 개 남은, 어찌 보면 지금까지의 어떤 광석보다 희귀하고 값질 광석들.

"이게 대체 뭔데 그렇게 소중히 가지고 다니냐."

"꾸어엉."

불안한 눈빛으로 안절부절못하는 수달을 무시한 채 빼액이의 등에 탑승한다.

"얘들아, 알지? 나 없다고 놀면 안 돼?"

"뀨뀨!"

토끼는 역시 영지에 둔 채 빼액이와 수달만 동행하는 조촐한 여행! 강화를 위한 여정!

혹여 돌아다니다 수달이 도망칠 걱정은 하지 않았다.

"꾸어엉."

광석을 반강제로 빼앗긴 뒤로는 토끼들의 감시가 없어도 알아서 한시민의 곁에서 단 한 발자국도 떨어지지 않은 채 광석에만 시선을 꽂았으니까.

'괜찮은데?'

뭐 부모님의 유산쯤 되는 걸까. 대화가 통하지 않으니 물어볼 수도 없는 노릇이고.

어쨌든 한시민에겐 결코 나쁘지 않은 상황이기에 광석을 갈무리하며 두 눈을 감았다.

느껴지는 명당의 기운.

몇 달 만이란 말인가!

힐링이 되는 기분이다.

"저기로!"

"빼애액!"

그렇게 상큼한 기분으로 날아갔다. 앞으로의 고난과 역경은 전혀 예상하지 못한 채.

"언니, 강화하는 데 저런 게 왜 필요할까?"

"레전더리 직업이니 저럴 수도……."

있지 않을까?

강예슬의 질문에 정설아가 자신 없는 대답을 내뱉었다.

그녀들은 현재 한시민의 방송을 보는 중.

"메인 퀘스트 2막의 최종 보스 몬스터 테이밍 이후, 그의 무기 15강 강화 방송! 이라고 적혀 있긴 한데 뭔가 과정이 상당히 고달파 보인다."

"……."

그러게 말이다.

보는 이로 하여금 입가에 절로 미소가 맺히게 만드는 방송이랄까. 아니면 세상 모든 화려한 것 뒤엔 이렇듯 누군가의 희생과 고통과 고난과 역경이 있다는 걸 보여주기 위함일까.

"1강부터 저러면 15강은 어떻게 되는 거지?"

"아마 못 할지도 모르겠네."

한시민에게 닥친 강화 의식은 보는 이조차 지레짐작으로 파악할 수 있을 정도로 복잡하고 귀찮고 힘들었다.

물론 어디까지나 그건 한시민의 몫!

"와! 2강 성공했다."

"근데 저긴 어디지? 처음 보는 맵인데."

"몬스터들도 상당히 강해 보여. 시민 오빠가 저렇게 고생하는 거 처음 보는데."

보는 입장에선 재미가 있다.

원래 그렇다. 방송이란 승승장구하는 사람의 대리만족으로 스트레스를 풀거나 혹은 방송하는 자의 고생을 보며 힐링하는 재미로 보는 것이니까.

그런 의미에서 한시민의 방송은 흥행 요소를 모두 갖추었다. 고생이란 고생은 전부 다 하고 끝엔 보는 이로 하여금 그들은 얻지 못할 보상을 통해 대리만족을 느끼게 해주니까.

문제가 있다면.

—으악! 시바, 베타고 새끼야! 나한테 원한 있냐!

요즘 좀 점잖게 게임 한다 싶던 당사자가 울분에 찬 외침을 10초에 한 번 꼴로 내뱉는다는 것뿐이랄까.

9

처음에는 할 만했다.

아니, 이제 와 느끼는 거지만 처음이 역시 그나마 낫구나. 과연 훌륭한 게임! 유저에게 단계별 난이도로 미션을 주다니.

그게 뒤이은 토 나오는 난이도를 직접 겪으며 그나마 그 이전엔 조금이나마 배려해 줬던 것이었구나 하고 자아 성찰을 하게 만드는 점만 제외한다면 완벽하다.

"후."

어딘지도 모르는 사냥터에서 레벨이 얼마나 되는지 모르는 몬스터와 다짜고짜 싸우며 죽이고 재료를 얻고 제물을 바치고.

거기까진 괜찮다. 아예 잡을 수 없는 수준은 아니니까.

지금까지 방어구 강화는 모두 이날을 위해서였던가 싶을 정도로 아슬아슬하긴 해도 성공이라는 단어가 가능하다는 것만으로 희망은 존재한다.

"괜찮긴 한데……."

특히 한시민에겐 더더욱.

게임을 시작하고 지금까지 나름 편하게 강화를 해서 그렇지 그는 이런 고난보다도 더한 것도 견뎌낼 자신이 있었다.

가상현실 게임이 나오기 전, 현실에서 의식을 진행해야 하던 그 당시만 해도 수백만 원을 벌기 위해 반년을 온갖 운동이란 운동은 다 하고 몸을 강하게 만드는 데 시간을 쏟아붓지 않았던가.

지금은 그보다 덜하다. 시간도 덜 투자해도 되고 몸이 다칠 위험도 전혀 없다. 짬을 먹을 만큼 먹고 이런 개고생한다는 게 불만이긴 하지만.

"꾸엉! 꾸엉!"

수달이가 좋다는데! 그를 위해서라면 더한 것도 할 수 있다!

"사냥쯤이야 백 번이고 해주마."

결연한 의지를 다졌다.

이건 강화를 위한 강화가 아니라 수달을 위한 강화!

마음 독하게 먹자.

어차피 친밀도 100%를 채우거나 레벨을 수달보다 높이거나 둘 중 하나를 만족할 때까지는 다른 일을 할 수가 없다.

당장 해결해야 할 문제!

불만을 잠시 접어두고 네 번째 강화에 열중했다. 그리고 할 말을 잃었다.

"미친."

강화에 필요한 제물은 그냥 애교 수준이었구나.

광석 하나를 모루 위에 올린 한시민이 한숨을 내쉬었다.

그래, 내 인생이 그렇지 뭐.

그대로 모루를 걷어차 올리며 하늘로 뜬 모루를 향해 점프한다. 현실이었다면 결코 나오지 않을 기행과 함께 공중에서 내려치는 망치!

'베타고 개새끼.'

오랜만에 베타고가 한시민의 입에 자주 오르내렸다.

방송을 보는 건 스페셜리스트만이 아니었다.

켄지!

전 국민, 아니, 전 세계인이 다 보는 앞에서 스페셜리스트와의 전쟁을 단호하고 엄중하게 선포했다가 가장 먼저 죽고 온갖 망신을 다 뒤집어쓴 당사자!

그뿐이랴. 길드마저 한시민의 계략에 그를 죽이는 데 실패했고 마지막엔 어이가 없는 결말로 100골드까지 뜯겼다.

이 수모를 겪고도 가만히 있다면 그건 수치를 모르는 사람!

특히 켄지에겐 더더욱 그냥 넘어갈 수 없는 문제다.

"바로 치러 갑니다."

"네, 길마님."

사실 이길 승산은 많이 보이지 않는다. 이미 한 번 겪었고 원정대의 유저들이 빠진 이상 켄지 길드원들만으로 그 토끼들과 한시민의 영악함을 뚫어내기는 쉽지 않을 테니까.

게다가 스페셜리스트는 메인 퀘스트 2막을 깨며 또 한 번의 보상을 독차지했다. 전력은 더욱 벌어졌을 터.

그럼에도 켄지는 개의치 않았다. 그는 현실에서 이미 그의 기업과 덩치 차이가 수십 년 전부터 벌어져 있던 곳들과 경쟁해 이겨내고 최고의 자리에 올라선 경험이 있다.

정글보다 더한 곳에서도 그랬는데 여기서 못 할까.

게임이다.

도전하고 부딪치다 보면 승산이 보이리라.

무엇보다 그를 지지하는 수십의 유저는 의리로 모인 자가 아닌 그가 고용한 사람들!

죽고 패배하더라도 떠나지 않는다.

그게 켄지 길드가 가진 최대의 장점.

모인 자리에서 켄지가 고민했다.

지금이 기회인 건 분명하다. 스페셜리스트는 현재 보상을 챙기고 있고 한시민은 강화를 한답시고 혼자 떨어져 어딘지도 모를 곳을 빨빨거리며 돌아다니고 있으니까.

토끼마저 보이지 않는다. 그렇다면 수적 우세의 장점을 가져올 수 있다는 뜻.

한시민이냐 스페셜리스트냐.

고민 끝에 켄지가 결정했다.

"방송을 켜고 있는 한시민의 위치를 수배합니다."

"예."

어느 쪽에든 상관없다. 토끼들이야 늘 그래왔듯 영지에서 저들끼리 사냥을 나설 테고 정설아를 포함한 셋을 공격하든 혼자 떨어져 있는 한시민을 공격하든 가능성은 비슷할 테니까.

다만 결정에 영향을 미친 건 단 하나였다.

"시민을 죽이고 수달도 죽입니다."

개인적인 원한!

켄지도 어쩔 수 없는 사람이었다.

그가 찍던 영화의 종점을 망친 놈. 그래놓고 자기는 한 번 방송에 이제 만 명이 넘는 유료 시청자를 불러모아 별것도 아닌 강화에 돈을, 아니, 명예까지 끌어모으고 있는 놈.

용서할 수 없다.

질투가 불타올랐다.

그런 상황에서 스페셜리스트가 눈에 들어오겠는가.

나도 가서 망쳐 주리라. 그 슬픔을 한 번 느껴봐라.

켄지 길드가 진격했다.

"아, 접을까."

한시민은 메인 퀘스트보다 강화가 훨씬 편하고 쉽고 간단하고 자신의 적성이라고 생각했던 불과 며칠 전의 자신을 잡아다가 죽이고 싶은 마음이었다.

막상 다시 복귀하니 느꼈다.

그래, 내가 지금까지 판타스틱 월드 초반부를 플레이하고 있었구나. 잠시 잊었네.

온라인 게임 할 때 15강은커녕 13강 하기도 벅차하며 온몸에 들었던 멍과 부러졌던 뼈를.

"후."

한숨이 절로 나왔다. 그때에 비하면 당연히 좋은 환경인 건 맞지만 욕이 나오는 건 별개의 문제다. 세상에 아무리 군대 생활하기가 편해졌다고 한들 어느 시기에나 당사자들이 욕하는 건 변치 않는 이치랄까.

언제든 지금 자신이 겪고 있는 고난과 역경이 가장 힘든 법이다.

"야, 수달아. 그냥 10강 들고 다닐래?"

"꾸어어엉!"

"……그래, 알았다."

어쨌든 두 개의 광석을 모두 10강까진 했다. 원래는 하나를 15강까지 강화하고 다른 하나를 가지고 어떻게 테이밍이 되나 시도해 볼 생각이었지만. 강화가 지금까지처럼 쉽게 된다는 가정에서나 가능했던 이야기.

이 광석이 얼마나 대단한지 지금까지와는 차원이 다른 과정에 진이 빠졌다.

물론 그렇다고 수달을 포기할 순 없었기에 억지로 부여잡고 있었지만.

"후, 그럼 이렇게 하자. 해줄 테니 나와 함께하겠니?"

"꾸엉!"

"그래, 그 약속 안 지키면 그날로 너 죽고 나 사는 거야."

그냥 보내줄까.

약해지는 마음을 다잡고 다시 광석 하나를 꺼내 들었다.

시민아, 오늘만 고생하자. 오늘만 고생하면 내일의 나는 행복할 거야. 돈방석에 앉아서.

그렇게 위로하며 움직였다.

아니, 움직이려 했다.

"저기 있습니다!"

이런 오지에서 들려오는 인간의 목소리만 아니었으면.

10

켄지는 게임에 일생을 바쳐 온 사람은 아니다. 하지만 기본적으로 뛰어난 센스와 재력, 전문가들의 조언으로 남들보다 빨리 게임에 대한 정보를 습득하고 이해하고 적용시키고 있다.

크게 어렵지 않은 이유는 역시 가상현실이라는 새로운 게임의 등장 때문. 모두가 새롭게 접하는 분야에서 켄지의 게임에 대한 경험 부족은 큰 문제가 되지 않았기에. 그리고 그 작으면서도 큰 문제는 그의 돈으로 메울 수 있었기에.

일생을 게임에 매진한 사람들! 그중에서도 자신들이 하는 게임에서 항상 정점을 찍었던 이들!

평범하게 게임을 플레이하는 유저들은 감히 꿈도 못 꾸는, 정말 이게 가능할까 싶을 정도로 게임에 돈을 투자하지 않고 게임에서 억대 연봉을 올리는 노련한 유저들의 도움 덕분이다.

물론 그들을 포섭하는 데 드는 비용 역시 일반적인 사람이 보기엔 비현실적으로 느껴질 만큼이었지만 그 덕분에 켄지는 여기까지 올 수 있었다.

여기까지 왔고, 거기다 더해지는 그의 냉철하고 끈질긴 기업인의 정신은 포기를 모르게 만들었다.

“둘 중 한 명이 게임 접을 때까지 싸워보죠.”

“……아니, 남자가 쪼잔하게 왜 그래요? 일상생활 가능해요?”

“충분히.”

“어차피 이기지도 못하면서 왜 자기 무덤을 파요. 귀찮으니까 그냥 없었던 일로 해줄게요. 할 일 하세요.”

“…….”

한시민의 푸념에도 켄지는 굴하지 않았다.

원래 박수란 양손이 마주 쳐야 소리가 나는 법!

한 명이 죽자 살자 덤벼도 나머지 한 명이 시큰둥하면 기운이 빠지게 된다. 그런데도 흔들리지 않고 마음을 다잡는 건 역시 프로이기 때문.

이미 방송에서 선언했고 개인적으로도 자존심에 씻을 수 없는 상처를 입었다.

“제가 제일 싫어하는 게 뒤통수 치는 겁니다. 용서할 수 없습니다.”

“거, 얼마 한다고.”

해서 무기를 뽑아 들었다. 결국 그가 질지도 모른다. 원래 이런 식의 멸망전은 전력의 구도가 비슷할 때도 쫓는 쪽이 불리할 수밖에 없는데 한시민의 경우엔 객관적으로 켄지 길드보다 전력이 훨씬 앞서지 않는가. 지금처럼 운이 좋아 혼자 떨어졌을 때도 승리를 확신할 수 없을 정도다.

'이번에 한 번은 죽여야 해.'

그렇기에 꼭 필요하다. 낮은 확률을 뚫고 얻어내는 승리가!

그래야 발전이 있다.

한시민의 행방을 쫓느라 소모하는 시간이야 돈으로 해결하면 되지만 할 수 있을까란 자신감과 이렇게 괴롭히면 상대방이 고통을 어느 정도 받겠구나 하는 확신은 돈으로 살 수 없는 문제.

제아무리 켄지 길드원들이 켄지에게 고용된 자들이라 해도 맨날 죽어가며 누군가의 뒤꽁무니만 쫓는 게임 플레이를 좋아할 사람은 없으니까. 거기다 그 끝이 결국 게임을 접는 것이라면 더더욱.

그런 생각은 다른 길드원들도 마찬가지인지 기운이 넘쳤다.

그리고 넘치는 기운은 전부 한시민에게 향했다.

"와아아아!"

"아니, 다들 진정 좀 해요."

덕분에 한시민은 과한 환호를 맞이해야 했다.

이미 정신적으로 강화로 인해 피폐해진 상태에서의 전투!

“아, 이 징그러운 놈들.”

인상을 찌푸리며 망치를 휘두른다.

하나 망치에 제대로 된 힘이 들어갈 리가 없다. 싸우면서도 여전히 그의 머릿속엔 저 수달의 손에 쥐어져 있는 두 개의 광석을 어느 세월에 15강 할 수 있을까, 아니, 15강까지 하려면 또 얼마나 개 같은 제물을 요구하고 의식을 강요할까에 대한 생각이 가득 차 있었으니.

[민첩이 감소합니다.]

[힘이 감소합니다.]

그와 함께 밀려드는 홀로그램들.

제아무리 한시민이 아이템이 좋다고 하지만 상대도 만만치 않다.

켄지의 자금을 총동원해 대륙에서 온갖 좋은 아이템은 모두 공수해 오는 길드!

거기다 한시민에 대한 원한으로 도핑 물약까지 전원 풀로 장착했다.

그뿐이랴.

생채기도 안 날 한시민의 방어구를 뚫기 위해 일부러 새로운 길드원까지 받은 상태에 더해지는 하인스의 마법!

스킬북은 없지만 그래도 명색이 레전더리 등급의 대마도사다.

어디까지나 스킬북은 그 효율을 최대로 끌어내기 위한 수단이었을 뿐 그가 갖고 있는 엄청난 위력의 마법들은 어디 가지 않는다.

그 결과 한시민의 피통이 쭉쭉 깎여 나갔다.

"엥?"

그리고 그제야 한시민이 사태의 심각성을 파악했다.

아니, 이놈들 뭐야. 생각보다 센데?

동시에 억울했다.

"아니, 고작 나 하나 잡는 데 도핑을 몇 개를 한 거야. 이 인간들아!"

"죽어!"

진짜 이 정도면 그냥 예의상으로라도 한 번 죽어줘야 할 것만 같은 느낌.

아, 정말 날 이렇게 생각해 줄 줄이야.

감동마저 들 정도다. 해서 선심을 조금 써볼까 싶었다.

"그냥 길드원 전원 도핑하실 금액 주실 때마다 한 번씩 죽어드릴게요. 콜?"

"웃기고 있네."

당연히 안 통했지만.

한시민도 딱히 그러리란 생각을 갖고 내뱉은 말은 아니었기에 대충 넘겼지만, 시간이 지나면서 점점 여유를 잃어갔다.

'위험하다.'

그는 무적이 아니다. 불사신도 아니다.

아이템들에 부착된 능력을 최대한 활용하면 얼마든지 무한히 싸울 수 있지만, 그래서 마음 놓고 켄지의 추격이 있을 걸 알면서도 혼자서 다닌 것이지만 도핑 물약과 온갖 저주가 의외의 상황을 이끌어 내고 있다.

[치유 효과가 반감됩니다.]

[고정 대미지를 입었습니다.]

그에게 이런 홀로그램을 띄우기 위해 얼마나 돈을 투자했을지 상상도 안 간다.

그 대가로 켄지는 적의 죽음을 이끌어 내겠지.

한시민의 머릿속에 그런 생각이 들었다.

그도 바보는 아니다.

졌다.

빼액이를 타고 도망가는 것도 불가능하고 온갖 도핑과 물약과 회복을 통해 한 번에 한 명을 죽이지 못하는 상황에서 결국 소모되는 건 한시민의 체력이다.

입안이 씁쓸해졌다.

백날 덤벼와도 이길 수 있으리란 생각으로 별걱정 안 하고 있었는데. 아니, 설마 여기를 찾아올까에 대한 생각도 않았었다.

그만큼 지금은 강화에 집중하고 있었다. 그런 허점을 잘 찔렀으니 죽을 수도 있겠다는 생각도 들었다.

'그래도 데려갈 놈은 데려간다.'

물론 그의 성격이 어디 가진 않는다.

'다 뒤졌어. 다음에 보자.'

수달의 손에 들린 광석만 15강 하면 다음엔 반대로 그가 가진 이점을 활용해 괴롭혀 주겠다.

그렇게 다짐하고 마지막 불꽃을 불태운다. 그런다고 딱히 공격 스킬 하나 없어 그냥 망치를 휘두르는 것뿐인 한시민이 일발 역전의 상황을 만들어낼 방법은 없었지만.

모두가 잠시 잊고 있었지만 한시민은 강화사다. 그리고 테이머다!

'메테오 같은 거 하나만 있었어도…….'

아쉬운 마음이 하늘을 찔러도 테이머에게 메테오가 생길 리 없다.

"꾸어어엉!"

대신 저 멀리서 메테오를 대신해 주겠다는 울음소리가 들려왔다.

수달이는 한시민이 별로 마음에 들지 않았다.

당연한 이야기다. 마음에 들면 그게 어디 수달이겠는가! 멍멍이겠지!

첫 만남 때부터 도둑과 주인의 사이로 만나 사사건건 시비를 걸고 그것도 모자라 수달이 다른 일에 정신이 팔린 사이 그가 정성 들여 만들어 놓은 광산의 광석을 모조리 훔쳐 간 놈이지 않은가.

그뿐이랴. 그가 궁극적으로 지켜야 할 게이트까지 한시민이 파괴했다.

명분이니 뭐니 해도 수달에게 결국 제일 나쁜 놈은 한시민.

그런 그가 힘으로 그를 겁박하고 데리고 다니니 좋은 시선으로 볼 수가 없는 노릇.

하나 어쨌든 인간의 동료가 게이트에서 나온, 수달로선 감히 게이트에 박혀 있어 뺄 엄두조차 내지 못하고 있었던 영롱한 보석을 주었고 양손에 하나씩의 광석을 든 수달은 일단 인간을 따라다니기로 마음먹었다. 감언이설인지는 몰라도 잘해

주겠다고 하니. 거기다 도망칠 구석도 없었고.

그러다 그가 광석을 강화해 주었다. 처음엔 빼앗는 것인 줄 알고 초조한 마음을 감출 길이 없었지만 1강, 2강 할 때마다 강해지는 광석의 기운에 심장이 뛰기 시작했다.

'꾸어엉?'

다른 광석들과 수달이 든 광석은 하늘과 땅의 차이.

다른 광석들이 그에게 1의 레벨이라면 들고 있는 건 거의 10레벨 수준이다.

그런 광석의 힘이 강화된다. 유저로 따지면 레전더리 등급의 아이템이 등급 업을 하고 있는 셈!

어찌 기쁘지 않겠는가. 천하의 핵쓰레기 한시민이 좋은 사람으로 보이려고 할 정도다.

그만큼 광석은 수달에게 중요한 의미를 갖고 있었다.

'꾸어어엉.'

그래도 양심은 있는 인간인가 보네.

수달의 머릿속에 합리화가 일어났다.

그래, 급했던 모양이지. 인간은 원래 광석을 필요로 하는 종족이니까. 필요하니까 가져다가 쓰고 이걸로 보답하려는 모양이구나.

5강, 6강, 7강.

강화라는 개념을 수달은 모르지만 그는 광석의 기운을 그 누구보다 잘 느낀다. 점점 강해지고 또렷해지고 기운차지는 광석의 에너지는 심장의 박동을 넘어 주체할 수 없는 흥분을 불러일으킨다.

저걸 내가 가지고 다닌다? 꿈만 같을 것 같다.

"꾸어어엉!"

해서 수달은 양손에 10강 광석을 든 순간 다짐했다.

그래, 인간아. 네 죄를 사하노라.

이 광석 두 개면 그가 날려먹은 광산을 모두 합친 것보다 값어치 있다고 저울질할 수 있을 것만 같았다. 물론 가치를 따지자면 오랜 시간 만들고 가꿔온 광산과 비교할 수 있을 리 없지만, 그곳에서 나는 광석들은 일회용이라면 이것은 영구적인 가치!

설렜다.

설렜는데 거기에 한시민이 부채질까지 했다.

"15강까지 해줄게. 우리 잘살아 보자."

"꾸어엉!"

뭔지 몰라도 여기서 더 광석이 강해진다!

몸과 마음을 다 바칠 준비가 된 수달의 앞에 갑작스러운 전개가 펼쳐졌다.

나타난 다른 인간들! 벌어지는 전투, 밀리는 한시민.

"꾸어엉!"

주인…… 아니, 인간!

왠지 그냥 죽었으면 좋겠다는 내면의 본심과 더불어 광석 때문에 절대 죽어선 안 된다는 생각까지 동시에 들었다.

그리고 비교했다. 무엇이 더 좋은 선택일까.

답은 쉽게 나왔다. 그걸 모를 정도로 멍청한 몬스터는 아니었기에.

"꾸어어엉!"

광산은 이미 사라진 과거고 들고 있는 광석은 현재다. 이제부터라도 새 출발을 하기 위해선 과거는 잊고 현재를 잘 가꿔야 하는 법.

여전히 마음에 들지 않는 부분은 있지만 뭐, 어쩌겠나. 수달 인생, 평생 하고 싶은 것만 살 수는 없는 법인데.

우우웅-

진한 진동과 함께 광석이 울음을 토해냈다.

수달의 의지와 함께 울음은 에메랄드빛을 함께 쏟아냈고 그것은 곧 한시민에게 흡수됐다.

두 개의 똑같은 광석!

강화된 10강 광석들에게서 뻗어져 나간 강렬한 빛은 수달조차도 예상하지 못했던 범위.

"꾸어엉?"

수달이 고개를 갸웃했다. 그도 처음 보는 광경이다.

과연 새로 장만한 레전더리 아이템인가!

뿌듯해하는 수달과 달리 한시민은 경악했다.

"뭐, 뭐야!"

저도 모르게 내뱉을 정도.

그럴 만했다. 아예 예상조차 못 했던 전개일뿐더러.

['룬: 지진의 메아리' 효과를 150초 동안 적용받습니다.]

[공격 시 반경 5m 내외에 모든 적이 피해를 입습니다.]

"……."

메인 퀘스트 2막의 마지막 보스 몬스터가 제힘을 갖고 제대로 싸웠으면 벌어졌을 그림마저 동시에 그려졌으니까.

11

이게 무슨 일인가 상황을 파악하고 있는 켄지 길드와 달리 한시민은 다른 이유에서 입을 떡하니 벌렸다.

"……."

이런 기분이구나. 엄청난 버프를 옆에서 받는 기분이란.

새삼 잊고 살았던 한숨이 튀어나왔다.

축복의 반지.

그림의 떡인 그것의 효용에 대해 자연스럽게 생각하게 되며 지금껏 난 그걸 이용하지도 못하며 주변 사람들을 얼마나 행복하게 해주었는지에 대한 성찰까지.

'좀 너 뜯어내도 됐겠구나!'

이런 기분일 줄 알았다면.

뭐든 할 수 있을 것만 같은 자신감과 함께 실제로 힘도 넘친다. 당장 그가 아니더라도, 여기 있는 그 누구더라도 조금 전의 홀로그램을 보았다면 한시민과 같은 생각을 했을 것이다. 그만큼 말도 안 되는 능력이다.

"와."

탄성이 나올 만큼.

파직.

무기에서 번개가 튀는데 누가 감탄하지 않겠는가.

켄지 길드원들도 갑작스레 벌어진 상황을 수습하고 달려들려다가 저도 모르게 멈칫한다.

"공격합니다!"

하지만 이내 켄지의 외침에 다시 달려든다.

판단한 것이다.

변하는 건 없다. 수달 놈의 외침 따위야 뭐. 그래 봐야 산맥에서 광석을 먹고 잠시 시간이나 벌던 보스 몬스터인데. 제깟 놈이 지금 상황에서 무엇을 할 수 있단 말인가.

아니, 무엇을 한다 한들 지켜줄 몬스터는커녕 있는 건 곧 죽을 운명의 주인뿐인 상황에서 할 수 있는 건 없을 것이다.

조만간 주인을 죽이고 따라 죽이리라!

벌써부터 느껴지는 승리의 기운에 사방에서 들이치는 공격들!

그리고.

콰콰콰쾅!

사방을 뒤흔드는 폭발.

"……."

그 한 번의 격돌과 튕겨 나가는 켄지 길드원들을 보며 모두가 느꼈다.

전세가 달라졌다고.

보통 보스를 레이드할 때, 유저들이 가장 먼저 생각하는 것은 하나다.

클리어할 수 있는가.

단지 그것 하나.

누가 죽든, 얼마의 돈이 들어가든, 또 얼마나 오랜 시간이 걸리는지는 중요하지 않다.

최초 격파!

이 타이틀을 위한 도전엔 효율이라는 단어와 공존할 수 없으니까.

해서 보통 어떤 게임에서 누구도 도전하지 못했던 보스의 최초 격파를 위한 파티를 짤 때 유저들은 설사 1시간에 1의 대미지밖에 넣지 못하더라도, 보스의 체력이 1만쯤 된다 하더라도 가능성만 있다고 판단하면 망설이지 않고 도전한다.

문제는 그 가능성이다. 끝까지 해보지도 않고 가능성을 판단하는 게 사실 가장 어려운 것.

보스라면 당연히 후반으로 갈수록 어려운 난이도의 페이즈가 나오는 건 세 살짜리 어린아이도 아는 이야기.

그 가운데 판단의 근거는 하나다.

전투 지속력.

미래가 어떻게 될지는 모르지만 끝까지 가도 계속해서 전투를 이어갈 수 있을까.

그게 가능하다면 언제가 되었든 결국 보스는 깨어지게 되어 있다.

켄지 길드는 한시민을 상대로 깰 수 있는 보스라 판단했고.

공격력과 방어력은 말도 안 되게 강하고 심지어 재생력까지 어이가 없을 정도의 최상위권 보스라 불러도 과언이 아니지만 반대로 휘두르는 망치는 패턴이 정해져 있고 유저들이 주의해야 할 만한 광역기 같은 건 아예 나올 생각도 않았으니까.

어쩌면 평생을 게임만 한 켄지 길드원들에게 있어 이보다 쉬운 레이드는 없다. 방어력도 예전과 달리 온갖 도핑을 통해 한 방 정도는 막아낼 수 있게 되었고.

한 명이 공격을 당할 때 나머지가 딜을 넣는다. 맞은 유저는 재빨리 빠져 치유를 받고 전장에 합류한다. 그사이 또 피해를 입는 유저가 빠지고 치유되고 합류하고.

그 사이클이 켄지 길드의 전력이 감소하는 주기보다 짧았기에 미소를 지을 수 있었다.

하나 수달의 외침과 터져 나오는 빛에 상황은 전혀 달라졌다.

"……."

켄지의 표정이 굳어져 풀릴 생각을 않았다.

생각지도 못했던 전개다. 있을 수는 있다. 한시민을 유저가 아닌 보스로 생각한다면 이해된다.

궁지에 몰린 보스. 실금만큼 남은 체력 게이지에 흥분할 유저들에게 엿이라도 먹으라는 듯 최후의 페이즈를 선사하는 일은 게임에서 종종 흔치 않게 일어나는 일이니까. 실제로 수달도 거의 끝났다고 확신한 레이드에서 한 달 가까이를 더 끌지 않았던가.

다만 어이가 없는 건 너무 갑작스러운 패턴 변화라는 것이다.

콰콰쾅!

"……."

저게 말이나 되나.

이길 수 있다는 생각이 한순간 깔끔하게, 먼지 한 톨도 남기지 않고 사라지는 순간이다.

그만큼 압도적이다. 변한 것이라고는 그의 공격이 단일 대상에서 범위형으로 바뀌었다는 것뿐이지만.

"허."

동시에 시선이 수달로 향한다. 모든 원인 제공은 저기서부터 시작됐다.

그와 함께 켄지 역시 잊고 있던 사실 하나가 떠올랐다.

'보스였었지.'

그 존재감이 버프형이라 크게 와닿지 않아 신경 쓰지 않았었을 뿐.

허탈한 웃음이 나왔다. 동시에 신박하긴 했다.

저 수달, 사실 엄청난 녀석이었구나.

만약 수달 곁에 잡몹들이 아닌 정말 단 한 마리만으로 좌중을 압도할 단일 네임드 몬스터가 있었다면 메인 퀘스트 2막을 깰 수는 있었을까.

그만큼 버프란 오묘한 것이다.

오묘하고 동시에 위력적이다.

"퇴각합니다."

가능성은 이미 깨졌다.

트라이의 실패.

어차피 한 번에 깨리란 생각은 쉽게 할 수 없고 하지도 않는 법이니 미련 가질 필요 없다.

패턴을 파악하고 생각하고 공략하면 된다.

남은 유저들이 모조리 죽어 나가느니 조금이라도 살아 나가 다음을 기약하는 게 낫지.

"어딜 도망가!"

다만, 도망갈 수 있었을 때의 이야기지만.

12

아쉽게도 켄지는 잡지 못했다. 쫓아가려면 끝까지 쫓아갈 수 있었지만 그러지 않았기 때문.

"와."

그런 사소한 복수보다 한시민은 당장 손안에 들어온 복덩이에 대한 기쁨을 만끽하고 싶었다.

"미쳤다, 미쳤어."

아직까지 그 여운이 가시질 않는다. 어느새 품에 끌어안은 수달을 신줏단지 모시듯 쓰다듬으며 여운을 만끽한다.

그 손맛! 한번 휘두를 때마다 튕겨 나가는 수많은 유저!

그래, 이래야 게임이지.

현실에서는 불가능한 스킬을 뻥뻥 사용하며 압도적인 강함을 느껴야 마땅한 법이지.

지금까지 그저 강화만 하며 현실과 다름없이 현실감을 느끼며 반년을 넘게 싸워와야 했던 한시민에겐 쉽게 버리고 싶지 않은 느낌이었다.

이래서 다들 마법사 하려는 거구나.

"혹시 그거 쓰고 싶을 때마다 쓸 수 있어?"

"꾸엉!"

해서 물었다.

미소를 한가득 머금은 채.

수달이 고개를 갸웃하더니 고개를 저었다.

"꾸어엉!"

대답해 주기 싫다는 뜻 같기도 하고, 계속 사용할 수는 없다는 뜻 같기도 하고.

"그래?"

하지만 한시민에게 그런 건 중요치 않았다.

"흐흐."

중요한 건 그저 광산이나 만들며 광석을 캐기 위한 노예의 위치에서 한시민으로 하여금 더 이상 망치나 휘두르는 강화사가 아닌 전쟁에서도 엄청난 화력을 선보일 수 있는 특급 캐논 슈터로 거듭날 수 있게 해주는 서포터가 생겼다는 것!

돈도 벌고 사냥도 돕고.

한시민이 추구하는 이상향이다.

일거양득! 꿩 먹고 알 먹고!

아이템을 수거하며 자리에서 일어났다.

갑자기 없던 의욕이 마구 샘솟았다.

쿨타임이 얼마고, 지속 시간은 어떻게 늘리며, 효과는 어떤지 굳이 말도 안 통하는 수달에게 물을 필요도 없고 베타고에게 문의할 필요도 없다. 묻지 않아도 알고 있었으니까. 어떻게 하면 되는지.

"15강……."

가치의 기준이 변했다.

수달이 들고 있는 광석은 켄지 길드가 나타나기 전과 후로 나뉜다!

전까지는 단순히 수달을 테이밍하기 위한 노력이었다면 후는 그것은 부수적일 뿐이고 한시민에게 도움이 되는 방향으로의 발전과 투자!

한시민은 자기에게 투자하는 걸 절대 아끼지 않는다. 아니, 손해까지 봐가면서 투자하기도 망설이지 않는다. 그렇기에 눈빛이 타올랐다.

"15강 한다."

지금 고작 한 번, 하나의 효과를 받았을 뿐인데 이렇다. 과연 15강 한 광석들에서 나오는 효과와 다른 힘들은 어떨까.

설렘이 가득한 발걸음이 어딘지도 모르는 사냥터를 후비고 다니기 시작했다.

"으아악! 시밤!"

물론 그런데도 강화하기 어려운 헬 구간의 시작이라는 점은 결코 변하지 않는 사실이었다.

13

공주는 날이 갈수록 예뻐졌다. 혼기는 약간 지났지만 그거야 판타스틱 월드 내부 기준에 의해 늦은 것이지 현실로 따지면 누구도 그렇게 생각하지 않을, 가장 예쁘고 아름다울 나이일뿐더러 저주의 잔재가 사라지며 원래의 본판이 서서히 빛을 발하고 있었기에.

무엇보다 아빠가 황제라는 점이 가장 컸다. 돈이라는 개념을 생각하지 않아도 되는 그녀에게 피부에 양보하는 수많은 금덩이는 여자로서 예뻐지지 않을 수 없는 요소니까.

거기다 황제를 이어 다음 제국을, 대륙을 다스려야 하는 그녀의 자질도 확실하게 보여주고 있었다.

정치에 참여하고 사교를 하며 사람들을 다스리는 모습!

황제가 절로 뿌듯할 수밖에 없었다. 안 그래도 딸바보인 그가 아닌가.

그런 그에게 요즘 하나의 걱정이 생겼다.

"왜 그런 얼굴을 하고 있는 것이냐."

"아니에요."

"……그놈 때문이구나."

시간이 지날수록 공주의 얼굴에 그리움이 쌓여가는 것!

대체 왜 그런 놈팡이에게 공주가 빠지는 것인지 남자인 황제는 전혀 이해할 수 없었지만 어쩌겠는가. 아비 된 입장으로 자기가 좋다는데 그걸 하지 말라 명할 수도 없는 노릇이고. 하지 말라 한들 안 할 공주도 아니다.

"후우."

해서 황제의 입에서도 한숨이 절로 나왔다.

대륙을 지배하기 위해 수십만의 피를 보고도 눈 하나 꿈쩍 않던 그가!

고민에 빠졌다.

어찌해야 하나.

속마음은 한시민을 보고 싶지 않았다. 저러다 말겠지 싶은 마음도 들었다. 하지만 나아질 기미는커녕 점차 심해지자 어쩔 수 없는 선택을 해야 했다.

"전 대륙에 알리도록 하라. 모험가가 소속된 길드를 포함해 길드 선발전을 실시하도록 하겠다."

"예, 폐하."

주기가 정해져 있지 않은 이벤트가 개최되었다.

"아바마마……."

"어차피 결혼도 한 사이인데 뭘 그렇게 애만 닳고 있느냐. 보고 싶으면 찾아가면 되고 그도 안 된다면 부르면 되지."

"감사해요."

그저 한마디일 뿐인데 눈에 띄게 환해지는 공주의 표정!

황제의 입가에도 미소가 번졌다. 동시에 어깨도 으쓱여지고 근엄한 말도 덧붙여진다.

"특히 사위는 꼭 참여하도록 전달하라."

"예, 폐하."

"본인에게 직접 말하면 참여하지 않을 가능성이 크니 그가 속한 길드 모험가들에게 확실하게 전하도록. 참여하지 않을 시 겪게 될 불이익은 상상 그 이상일 것이라고."

"예, 폐하."

"꼭! 꼭 참여해야 한다."

물론 그 속엔 초조함이 가득했다.

이토록 공주에게 기대를 심어놨는데 혹여 한시민만 참여하지 않는다면?

"……."

그때 벌어질 최악의 시나리오를 황제는 상상도 하기 싫었다. 해서 옥좌에서 일어났다.

"황실 기사단을 소집하라."

할 수만 있다면 드래곤이라도 풀어서 한시민을 데려올 기세였다.

Episode 32.

이 레어가 네 레어냐

1

길드 선발전.

무슨 국가대표 선발전도 아니고 길드 선발전이라니.

유저들이 들으면 코웃음을 치면서도 그래도 게임 전체에 내려오는 이벤트니까 참여하겠지만 대륙에 거주하는, 원래부터 살던 대륙의 NPC들은 결코 그렇게 단순하게 생각하지 않는다.

몇 년에 한 번 있을까 말까 한 행사!

그마저도 황제가 내키지 않으면 열리지도 않는다. 그토록 불규칙한 주제에 보상은 어마어마하다.

대륙 최고의 길드라는 타이틀.

그것의 가치를 모르는 이는 참여할 자격조차 없다.

하여 NPC들로 구성된 길드들은 분주해졌다.

당연히 이번 이벤트는 유저를 포함한 NPC 길드까지 참여하는 것.

"뭐야, NPC도 참여해?"

"대체 얼마나 많이 참여하는 거야."

"대륙 단위니까 그럴 수 있다고 쳐도."

"너무 불리한 거 아닌가?"

대륙의 움직임을 본 유저들은 투덜댔지만 그들의 불만을 수용할 곳은 아쉽게도 없었다. 어디까지나 자율이니까. 꿇릴 것 같으면 참여하지 않으면 된다.

그런데도 동등한 조건으로 참여하고 싶으면 황제에게 직접 고하면 된다.

왜 이렇게 불공평하냐고.

그럼 답해주겠지.

어디 천박한 모험가 주제에 감히!

아마 황제에게 닿기도 전에 입구컷 당할 가능성이 굉장히 높으리라.

해서 유저들은 그냥 자기들끼리만 쑥덕대며 참여할 의사를 살포시 접거나 눈치를 봤다.

뭐 올해 한 번 했으니 내년에 또 하겠지. 그게 아니면 혹시 모르니 한번 참여나 해볼까.

기존 NPC들과의 경쟁에서 이길 확률이 얼마나 되겠느냐만 일단 참여해 보는 것도 나쁘지 않은 선택이니.

그렇게 대륙이 달궈졌다. 대륙과 함께 판월 커뮤니티도 뜨거워졌다. 켄지와 스페셜리스트에 대한 관심도 한층 수그러질 정도로.

그리고 그건 켄지 역시 마찬가지였다.

“한시민은 무조건 참여할 겁니다. 지금부터 길드 선발전에 대해 모든 정보를 수집하세요.”

“네.”

오로지 복수를 향한 일념!

물론 거기에 레벨 업에 대한 소홀은 없었다. 죽을 때마다 경험치가 깎이고 이틀 접속 불가라는 판타스틱 월드의 시스템, 양쪽의 멸망전에서 한쪽이 일방적으로 지는 상황이 계속된다면 결국 전력 차이는 계속해서 날 수밖에 없으니까.

언젠가 싸움에서 기회를 잡으려면 노력하는 수밖에 없다.

그나마 다행인 점이라면 한시민은 레벨 업을 거의 포기하다시피 했다는 점.

켄지가 이를 갈았다. 그래도 평생 지지는 않을 것이다.

단 한 번. 설사 죽이는 게 아니더라도 어떤 식으로든 이긴다면 그 뒤로는 가능성이 보이리라.

켄지가 고민하기 시작했다.

2

그러거나 말거나 대륙의 정세가 어떻게 흘러가는지 관심도 없는 한시민은 어딘가에 짱박혀서 강화를 계속해 나갔다.

당장 본인조차 여기가 어딘지 알 방법이 없는 그런 사냥터. 저번엔 켄지 길드가 어떻게 찾았는지 몰라도 이젠 절대, 누구라도 그를 찾을 수 없을 것이라는 확신이 들 정도의 오지였다.

"아마 3m 앞까지 와도 가만히 있으면 못 찾겠네."

"꾸어엉."

그만큼 험한 산세와 울창한 나무들이 가득한 산맥이었다. 미지의 산맥이 연상될 그런 지형. 그러면서도 음침한 분위기는 거기보다 더 위험한 장소 같은 느낌을 준다.

"멧돼지나 나왔으면 좋겠다. 고기 먹고 싶은데."

"빼애액!"

물론 한시민에게는 적용되지 않는 말이었지만.

감각이 이끄는 장소에 도착한 그가 여기저기 주위를 둘러보다 이내 허리에서 단검을 꺼내 든다.

전설의 망치를 얻고 나선 그저 오라용으로만 가지고 다녔던 단검!

혹시 녹이 슬지 않았을까 걱정마저 들 정도로 등장하지 않았던 단검은 오랜만에 찾아준 주인에게 반가움을 표시할 틈도 없이 그대로 흙으로 된 바닥에 꽂힌다.

푹. 푹.

한 번, 두 번 팔 때마다 뭉텅이로 뿌리 뽑혀 나가는 흙들은 과연 15강 단검의 위대함을 알 수 있게 해주는 장면!

다른 사람들이 보았으면 무슨 저런 미친놈이 있겠느냐 성을 냈겠지만 아쉽게도 뭐라 할 사람은커녕 생명체 자체를 찾기 힘든 곳.

"찾았다."

그렇게 한참을 파던 한시민이 만족스러운 표정으로 땅속에서 약초 뿌리 하나를 꺼내 들었다.

행복한 약초.

대체 왜 약초에 이름을 이따위로 붙여놓는지에 대한 의문이 듦과 동시에 한숨이 절로 나오는 이름이다.

"누군 내 것도 아닌 광석 강화한다고 개고생을 하는데 지는 행복한 약초? 돌았나."

심술이 절로 난다. 제물로 들어갈 약초이기에 구기듯 꽉 쥐지는 못한 채 조심스럽게 주머니에 처박았다.

조금만 기다려라. 그 행복함을 내 모루 위에 올라감으로써 박살 내주마!

숨겨둔 인성을 마구 표출하며 움직인다. 평소보다 더 심할 수밖에 없다.

온몸에 흙투성이인 건 애교 수준. 벌써 3일째 잠도 자지 못한 채 사냥터를 전전하고 있었고 한 마리, 한 마리 만나는 몬스터들은 강화의 제물이 될 놈이 아니면 냅다 도망쳐야 할 정도로 강한 놈들이었으니까.

"하, 시바. 사람을 좀 재워가며 게임을 시켜야지. 빌어먹을 베타고 새끼."

뜨거운 물에 씻고 한숨 푹 자고 오고 싶다. 하나 그러려면 사냥터에서 벗어나야 한다. 그런데 그러면 또 언제 다시 온단 말인가.

안전한 장소까지 가려면 빼액이를 타고도 왕복 6시간은 소모해야 한다.

거기에 휴식을 취하면?

한시민은 그 시간을 용납할 수 없었다. 해서 밤을 새웠다.

15강 할 때까지만 버티자.

주문과도 같은 그의 집념은 빛을 발했다.

12강.

그간의 고생이 말끔하게 씻겨 내려가는 것 같은 보상!

"꾸어어엉!"

수달이도 옆에서 지켜보며 감동했는지 펄쩍 뛰었다.

흐뭇하게 아빠 미소를 띤 채 지켜보던 한시민의 예리한 눈이 이상한 움직임을 포착했다.

"너, 이 수달 놈. 나에 대한 고마움이 아니라 그냥 네 광석 강화돼서 좋아하는 거 같은데?"

합리적 의심!

동시에 일상생활에 '내가 저 사람이라면 어떨까' 하고 자신의 인성을 기준으로 다른 사람을 평가하는 변형된 역지사지를 항상 적용시켜 살아가는 한시민의 당연한 생각!

"꾸, 꾸엉!"

수달이 급하게 고개를 저었다. 누가 봐도 이상한 움직임.

"하아, 나도 많이 착해졌다."

하나 한시민은 보복하지 않았다. 대신 수달을 쓰다듬어 주었다.

"괜찮아. 아직 우린 가족이 아니니까. 그럴 수 있지, 암."

진지하고 가족끼리의 대화는 우리가 하나가 된 뒤에 하자.

말하지 않아도 전달되는 진심에 수달이 움찔했지만 별다른 일은 벌어지지 않았다. 어쨌든 수달과 한시민 둘은 현재 하나의 목표를 향해 달려 나가고 있었으니까!

게다가.

쿵- 쿵- 쿵!

양쪽에서 들려오는 산맥을 흔드는 발걸음.

"아, 미치겠네."

한가하게 대화나 하고 있을 장소가 아니라는 걸 증명해 주는 몬스터들이 기다렸다는 듯 나타났기에.

"튀어!"

"빼애액!"

누구보다 빠르게 셋이 도망쳤다.

3

전 대륙은 당연히 난리가 났다.

황제의 어명!

사위를 찾아 데려와라.

말이 어쩌고저쩌고 명예니 뭐니 갖다 붙였지만, 황제가 이렇게 전 대륙에 대고 명령한 적은 역사를 따져 봐도 손에 꼽을 정도기에 분주해질 수밖에 없었다.

위기, 혹은 기회기에.

물론 황제가 이토록 찾는 모험가를 찾지 못했을 때의 분노보다 그를 찾아 데려갔을 때 얻을 황제의 눈길 한 번의 이유가 더 컸지만.

해서 수배령이 떨어졌다. 황실 기사단을 선두로.

"황금색 가고일을 본 적이 있나?"

"시민이라는 모험가를 아는가?"

"수달처럼 생긴 몬스터를 데리고 다니는 모험가를 본 적이 있는가?"

덕분에 때아닌 퀘스트들이 전 대륙에 떨어졌다.

한시민을 찾는 퀘스트!

NPC가 건네고 스토리가 있고 보상이 있다면 무엇이든 퀘스트로 만들어질 수 있는 판타스틱 월드의 자유로움이 돋보이는 장면.

길드 선발전에 참여할 만한 수준이 안 되는 유저들도 그 때문에 본의 아니게 길드 선발전에 대해 관심을 가질 수밖에 없었다.

아니, 거기보단 한시민을 찾는 데에서 오는 포상금 쪽이겠지만.

―대단하다. 고작 1년도 안 된 게임에서 한 명의 유저가 이런 영향력을 펼칠 수 있는 건가.

―다른 게임에서야 가능하겠지. 한 2억 투자하면 그 게임 최고가 되니까.

―판타스틱 월드는…….

―솔직히 길드 랭킹 1등이라는 켄지 길드도 아직 왕국 귀족들이나 이름 조금 알 뿐이지 저 정도는 아닐 텐데.

—난 이제 켄지 길드가 길드 랭킹 1등이라는 것도 좀 긴가민가하다.

—스페셜리스트한테 이번에 개 털리지 않음?

—그래도 이번에 대륙 전체 이벤트에서 1등 하면 1등 되는 거지.

—유저들 기준으로 봐야 하나?

—당연한 거 아님? NPC들 어캐 이김 지금.

어쨌든 유저들은 인정했다.

한시민의 대단함을, 그리고 켄지 길드의 무능함을.

이러한 소문은 대륙으로 뻗어 나갔고, 많지는 않지만 하나 둘 제보가 나오기 시작했다.

—나 며칠 전에 본 거 같은데? 하늘에 뭔가 슉 지나가서 자세히 못 봤는데 황금색이긴 했음.

—어? 나도. 근데 날아간 방향이 좀…….

—왜요? 어디임?

어디 일부러 숨은 것도 아니고 당당히, 드래곤만 한 덩치는 아니지만, 이제는 제법 커진 가고일이 하늘을 가로질러 날아갔다면 수천만이 즐기는 게임에서 단 한 명도 못 봤다는 건 말이 안 되는 일이니까.

어쨌든 유저들은 제보자들을 닦달했다.

빨리 찾고 싶다. 찾아서 전해주고 싶다. 마음 같아선 억지로라도 끌고 올 의향까지 있었다.

한 대 맞으면 울면서 도망쳐야 할 수준의 유저가 대부분이지만 황제의 이름을 팔면 된다는 생각은 무엇이든 할 수 있게 만들어주는 마법의 주문!

—그런데 그게…….

—말하기 좀 그런데.

하나 제보자들은 이런 분위기에도 휩쓸리지 않고 머뭇거렸다.

이걸 말해도 되나.

—아, 뭐임. 혼자 먹으려고.

—너무하네. 같이 좀 삽시다.

그럴수록 유저들은 적반하장으로 나왔지만 제보자들은 고개를 저었다.

—혼자 먹을 거였음 애초에 말을 꺼냈겠음?

다른 이유가 있어서가 아니다.

–웬만한 유저들은 발도 못 디디는 곳이니까 그렇죠.

걱정이 되어서다.

내가 과연 선두에 서서 불에 뛰어드는 나방들을, 아니, 나방만도 못한 날파리들의 죽음을 방관하도록 지휘해도 되는가.

게임이니까 별 상관이 없을 수도 있지만 그럼에도 그 수가 너무나도 많다.

당장 커뮤니티 내에서만 이토록 뜨거운 반응인데 실제 게임 내에선 어떻겠는가.

인생 역전 한번 해보겠다고 집 팔고 차 팔아서 게임 하는 사람이 적어도 수십만이다.

한참의 고심 끝에 제보자들이 입을 열었다.

아무리 게임이라도 알려줄 건 알려줘야겠다. 불쌍하니까. 혹은 내가 못 먹는 감, 다른 사람들도 얻어걸려 먹는 일이 벌어지지 않도록.

–거기 드래곤 레어 있어요. 여기 왕국 사람들 미신이긴 하지만. 입구 컷부터 레벨이 워낙 높은 곳이라. 들어가는 건 안 말리는데 괜히 제 탓 하지 마세요.

산이라도 태울 듯 거침없이 타오르던 사람들의 열정이 일순 식었다. 빙하처럼 차갑게.

4

대륙에 존재하는 네 개의 금지.

북부 미지의 땅.

서부 환각의 숲.

남부 운무의 해안.

동부 추락의 절벽.

수백 년 전, 마족들이 대륙을 침공할 때 열린 수많은 게이트에서 나와 그곳들을 임시 거점으로 삼았으며 물러간 이후에도 여전히 마족의 잔해가 남아 있어 인간의 발걸음은 감히 닿지도 못하는 오지 중의 오지.

애당초 대륙의 사람들이 개척하지 못한 땅이며 몬스터들이 터를 잡고 있던 곳이니 삼엄함은 굳이 말할 필요가 없다.

그뿐이랴. 그곳으로 향하기 위해 쳐진 바리케이드를 넘는 것조차 웬만한 사람들에겐 목숨을 건 탐험이나 다름이 없다.

이를테면 미지의 산맥처럼.

–그 황금 와이번인지 새대가린지 날아간 방향이 추락의 절벽으

로 향하는 산맥이라.

–추락의 절벽? 거기가 뭐 하는 데인데요?

심지어 게임을 플레이하고 대륙의 역사나 지리에 관해 관심 있게 찾아본 유저가 아니라면 이름조차 듣지 못해본 경우가 태반이다.

–그냥 미구현 사냥터라고 보시면 됨. 설마 거기까지 갔을 리는 없고 추락의 산맥에서 돌아다니고 있겠지만. 어쨌든 거기 몬스터들 레벨이 워낙 살벌하고 또 관련 퀘스트 진행하다 보면 산맥 혹은 절벽에 드래곤이 살고 있다는 전설쯤은 쉽게 접할 수 있어서…….

–…….

해당 지역의 유저들의 증언에 뜨거운 열정으로 몰려들었던 유저들이 할 말을 잃었다.

그렇다는데 어쩌겠는가.

혹여 자기들이 독식하려고 그런 거짓말을 하는 게 아닐까 하는 의심의 목소리가 나오지 않는 건 아니었지만, 조금만 이성을 찾고 상식적으로 생각해 보면 그럴 거면 굳이 그런 정보를 오픈할 필요가 없다는 것쯤은 다들 알고 있다.

가만히만 있으면 알아서들 달려들어 죽을 텐데 뭐하러 공개하겠는가.

물론 다들 잘 알고 있다. 심지어 정보를 제공한 유저들까지.

—어디까지나 소문일 뿐이긴 해요. 대륙인들도 직접 본 사람들은 아무도 없고. 역사서에도 동쪽 절벽에서 드래곤이나 드래곤 레어를 찾았다는 기록도 없어요.

미신일 뿐이라는 걸. 세상에 그런 미신 없는 곳이 어디 있겠나.

현실에서도 당장 밝혀지지 않은, 과학적으로 증명할 수 없으면서도 사람들이 두려움에 떠는 미신 몇 개쯤은 있지 않은가.

그런데도 코웃음을 치지만, 게임에서는 다르다.

'진짜 있을 것 같은데.'

'NPC들이 그렇게 말한 거면.'

그래도 되는 세상이기에. 현실에서는 말도 안 되는 일들이 일어나는 대륙이 아닌가.

괜히 덥석 들어갔다가 드래곤이라도 만난다면?

그야말로 로또 당첨될 확률일지언정 그게 나에게 벌어진다면 분명한 건 개죽음이 되리라는 결말이다.

거기다 이미 그들의 머릿속엔 드래곤에 관한 고정관념이

수도 없이 박혀 있다.

—만약 진짜라면 들어가기만 해도 들키는 거 아님?

—드래곤은 산맥 전체를 훑을 수 있지 않나?

—성격이 드러울 텐데.

—시민 그 사람은 살아 있나?

—알 방법이 없으니…….

개중에 자신의 목숨보다 보상이 중요하다 여기고 들어가지 않는 유저가 없는 건 아니었다.

사회든 게임이든 남들이 도전하지 않는 것을 개척할 때 더 많은 보상을 얻을 수 있는 법!

하나 그들의 소식은 머지않아 커뮤니티를 통해 씁쓸히 알려졌다.

—미쳤음. 드래곤은 개뿔. 도롱뇽 꼬리 보기도 전에 만난 몬스터한테 뒤짐.

—최소 레벨이 몇인지도 파악 못 하겠는데?

—난 레벨 50인데 어떤 트럭만 한 바퀴벌레 만나서 잡아먹혔다. 시바.

안타까운 소식이지만 하나, 긍정적인 면은 존재했다. 그들이 당장 걱정해야 할 것은 드래곤이 아니라 산맥에 발을 디디자마자 만나게 될 수많은 몬스터라는 사실을.

딱히 미소가 나오는 사실이 아니라는 게 문제였지만.

그러다 이내 하나둘 들어가기 시작했다. 생각해 낸 것이다. 그들이 여기 왜 왔는지.

'어차피 몬스터를 잡을 필요는 없잖아?'

'여기 어딘가에 있는 시민이라는 사람을 찾아 알려주기만 하면 내 판월 인생은 펴는 거다.'

황제와의 접점!

그리고 그로부터 받는 칭찬 한마디.

그것이 가지는 의미를 현대인 중 모르는 이는 없다. 당장 군대에서 군단장이 부대로 찾아와 휴가증 한 장을 걸고 무언가를 시키면 목숨 걸고 충성을 맹세하며 불구덩이에도 뛰어들 사람들이 무기를 들고 주제에도 맞지 않는 사냥터로 돌격했다.

—그러다 드래곤 한번 보면 뭐 목숨값으론 충분하지. 태어나서 내가 언제 드래곤을 볼 수 있겠어.

—시바, 그래. 판소 인생 10년, 드래곤 실제로 한번 보고 죽으면 여한이 없지.

한시민을 찾아, 그리고 드래곤을 찾아.

소식은 당연히 황제에게도 전해졌다.

"흐음, 그곳에?"

"예, 폐하."

"왜 그곳에 간 거지."

의문을 가진다 한들 누가 대답해 주겠는가.

추리조차 되지 않는다.

보통 드래곤이 있다고 추정되는, 고레벨의 몬스터가 득실거리는 사냥터로 들어가는 사람의 심리는 죽고 싶다는 게 99%니까.

하지만 한시민은 보통의 사람이 아니지 않은가.

모험가.

죽어도 살아나는 이가 그런 곳에 죽으러 간다는 건 말이 되지 않는다. 그렇다면 무언가 다른 의도가 있다는 뜻.

"강화인가."

한시민에 대해 아는 황제는 그렇게 추측했다. 철저히 자신의 이익에 의해 움직이는 한시민이 누구의 명령도 없이 그런 위험을 무릅쓰고 움직일 땐 그만한 돈이 되기 때문일 테니까.

"흠."

해서 미간을 찌푸렸다. 그가 무엇 때문에 그곳에 갔든 상관은 없다. 다만 제날짜에 맞춰 올 수 있느냐에 대한 가능성은 확연히 떨어지게 된다.

마족들이 대륙에 왔을 때 삼았던 거점.

당연히 일개 마을 규모가 아니다. 적어도 인간들이 차지하고 사는 대륙 면적의 1/10은 되는 넓은 공간!

평지도 아니고 쉽게 앞조차 확인하기 힘든 지형에서 사람 한 명을 찾는다?

그 대신 몬스터를 만날 확률이 최소 1만 배는 높으리라.

"어쩔 수 없지. 기사단은 입구에서 대기만 하다 혹여 나오면 전달하라 이르고 기간 내에 나오지 않는다면 철수하라 전하라."

"예, 폐하."

공주가 실망은 하겠지만, 그 때문에 황실 기사단을 위험에 빠뜨릴 순 없다.

그가 대륙을 떠나지 않는 한 언젠가는 나오겠지.

물론 그렇게 되면 그 때문에 연 것이나 다름이 없는 길드 선발전이 다른 의미로 끝이 날지도 모르지만, 그 또한 걱정하지 않았다.

"모험가들의 자질을 한번 봐야겠군."

황제는 멍청이가 아니다. 항상 어떤 일을 벌일 땐 최소 두 가지 이상의 생각을 하고 진행한다. 그렇게 보이도록 여유로운 척하며 속으로 생각했다.

'차라리 죽어서 영지로 귀환했으면 좋겠군.'

꼴도 보기 싫은 놈이지만 이번엔 좀 와줬으면 좋겠다고.

그늘진 공주의 표정도 풀고, 그 높은 콧대가 대륙의 길드들에게 꺾이는 모습도 보고!

상상만 해도 절로 미소가 지어지는 그림이었다.

5

황제가 꿈을 꾸는 사이 한시민은 점점 동쪽으로 향했다.

"아, 씨. 이거 왠지 가면 안 될 것만 같은 느낌이 드는데."

"꾸엉?"

"알았어, 알았어, 인마. 이런 깐깐한 놈을 봤나. 아니, 넌 무섭지도 않냐? 지도 만나는 몬스터들한테 한주먹거리도 안 되면서 왜 이렇게 당당하냐."

"꾸어엉!"

"후, 진짜 너한테 그런 능력만 없었어도 진작 저녁 수달 고기 메뉴로 올렸을 텐데. 봐준다."

절대 자의가 아닌 타의로!

푸른 오라를 거쳐 황금빛 오라를 찬란하게 빛내는 하나의 광석과 그것을 넘어 녹색 오라를 뿜어내는 다른 쪽 광석까지.

13강과 14강.

노력과 집념의 결과물. 동시에 체념의 단계에 이르게 한 원인.

한시민은 지쳐 있었다.

"시밤. 내가 무슨 부귀영화를 누리겠다고 이러고 있냐."

손에 아직도 남아 있는 룬의 여운은 그나마 지금 그를 움직이게 만드는 원동력.

마치 노가다만이 생명이던 PC 게임 시절, 만렙을 찍어보겠다고 하루 20시간씩 컴퓨터 앞에 앉아 정해진 몇 개의 키만 반복해 누르던 그때가 생각하게 만드는 과정이었다.

하면서 내가 왜 이걸 하고 있나. 포기하면 편하지 않을까. 만렙을 찍으면 좋긴 좋을 텐데. 하지만 이렇게까지 해서 내가 만렙을 찍고 돈을 벌어서 누가 좋은 걸까?

오만가지 생각이 든다. 그나마 그때의 경험을 토대로 익숙해진 몸이 반응할 뿐이다.

"하나만 하면 일단 하나는 끝나네."

"꾸어엉!"

"……당연히 두 개 다 15강 해야지."

게다가 책임감이자 한시민 개인의 신념이다.

장비창의 아이템이 모두 레전더리인데 단 하나 유니크가 껴 있는 꼴을 못 보는 그런 쓸데없는 결벽증이랄까.

그게 결국 그로 하여금 계속해서 동쪽으로 발걸음을 향하게 만든 이유다.

내심 가다가 죽었으면 좋겠다는 생각도 했다. 그러나 결국 도착했고 하나의 광석을 15강으로 만들 장소에 가까워졌다.

"어라?"

아니, 두 개의 광석이었다.

"엥?"

14강 광석을 15강으로 만들고 그도 모자라 13강짜리를 14강 할 수 있는 명당!

그 정도라면 그 뒤에도 한 번 더 15강을 할 수 있을지도 모른다.

가까이 다가가니 그 정도로 강렬한 명당의 기운이 느껴졌다.

"꾸엉꾸엉!"

한시민의 반응을 알아챘는지 수달이 기쁘게 웃었다.

그는 여전히 강화의 본질적인 원리를 모르지만, 결과론적으로 그가 든 광석의 기운이 강해진다는 것만으로도 이미 한시민에게 충성을 맹세한 상태.

하나 한시민은 인상을 찌푸렸다.

아주 심하게. 잔뜩.

"아, 미친."

동시에 정신이 번쩍 들었다. 오랜만에 하는 강화에 잠시 잊고 있던 게 하나 더 있었구나.

"후."

산맥의 끝. 드넓은 창공이 넓게 펼쳐진 석양의 하늘. 그리고 저 앞, 뚝 끊긴 산맥. 그 밑에서 느껴지는 명당의 기운.

"아, 진짜 가면 안 될 것 같은데."

어느 순간 몬스터도 나오지 않은 것 같다는 걸 이제야 깨달는다. 멍청이가 아니라면 이 경계선 너머에 보너스 맵 따위가 기다리고 있으리란 상상을 하지 않는다.

고난과 역경, 끝없는 전투. 이것뿐이겠지.

"하아."

그럼에도 한시민은 결국 움직였다. 절벽으로.

"와아."

감탄이 절로 나오는, 바닥이 보이지도 않는 끝없는 절벽.

한시민은 모르지만 추락의 절벽이라는 이름이 붙은 이유.

마지막으로 수달을 본다. 수달의 눈빛엔 기대가 여전히 가득하다.

"에라, 모르겠다."

갈등을 마친 한시민이 그대로 절벽으로 뛰어내렸다.

"꾸어어엉!"

수달의 뒷덜미를 붙잡은 채.

"빼애애애액!"

그리고 그 뒤를 빼액이가 따랐다.

수백 년간 인간의 발걸음이 닿지 않았던 절벽 아래.

모험가의 발자국이 새겨졌다.

[최초 입장입니다.]

[스탯 포인트(10)를 획득했습니다.]

[칭호 '최초의 방문자'를 획득했습니다.]

[일정 범위 내의 몬스터들에게 위치가 노출됩니다.]

"……예?"

절벽이 한시민을 격하게 환영했다.

6

보통 새로운 사냥터를 처음 발견한 유저에겐 보상을 주는 게 상식이다. 특히 지금처럼 감히 누구도 발을 디딜 생각을 하지 못하는, 여기까진 제힘으로 오기도 힘든 지역을 뚫고 도달한 자에겐 더더욱.

심지어 NPC들도 무서워 오지 않는 곳이 아닌가?

그런 곳을 개척했다. 딱히 탐험가 정신이나 도전 의식에 의한 건 아니었지만 어쨌든.

물론 보상이 아예 없던 건 아니다.

스탯 포인트 10개. 충분히 많은 보상이다.

다른 유저들과 비교했을 때 레벨 1업의 효과를 고스란히 얻을 수 있고 어디에 투자할지에 대한 선택권도 유저에게 제공한다.

스탯을 올리기 위해 유저들이 스탯이 붙은 아이템에 투자하는 비용을 생각해 보았을 때 신체 그 어느 부위도 소모하지 않고, 공짜로 10개의 스탯을 얻을 수 있는 기회는 정말 흔치 않다고 봐도 무방하다.

그렇기에 기뻐해도 좋다. 그래도 명색이 4대 금지 중 한 곳인데 이렇게 짜도 되느냐 불평하기엔 판타스틱 월드는 너무나도 현실적인 세상이니까. 이런 공짜, 대가 없는 선심이 어디 있겠는가.

“…….”

해서 한시민은 기뻐하려 했다. 특히 그는 가만히 앉아 스탯을 얻기 더 어려운 조건들을 둘둘 두르고 있었기에.

강화를 해 스탯을 얻을 순 있지만 갈수록 강화 조건들이 어려워지고 그렇다고 레벨 업을 하자니 그건 더 한 정신적인 스트레스를 동반하는 노가다다.

초반에야 바짝 모아놓아 지금 편하게 게임을 플레이하고 있지만 공짜로 들어오는 스탯을 마다할 만큼 배가 부르진 않다. 그렇기에 기쁨은 두 배였다.

하나 그 기쁨은 채 만끽하기도 전에 뒤이은 홀로그램에 깨져야 했다.

"아니, 세상에 무슨 최초 발견자한테 이런 법이 어디 있어?"

최초고 나발이고 일단 여기 내려오는 유저들에게 공통적으로 적용되는 사항일 수도 있다. 상식적으로 이곳에 발을 처음 디딘 유저에게만 특별히 몬스터들의 사랑을 듬뿍 주겠다는 말은 쉽게 납득되지 않으니까.

게다가 만약 그렇다고 한다면 크게 고민할 필요도 없다. 그냥 한 번 죽거나 다시 올라가서 어그로를 풀고 오면 그만이기에.

베타고가 그렇게 생각 없이 살지는 않을 테니 아마 이 홀로그램은 이곳에 내려오는 모든 이에게 적용되는 것일 테다.

그럼에도 불만이었다.

"시방. 최초 발견자면 혜택은 줘야 할 것 아녀."

그깟 스탯 포인트 10개 따위. 이제는 10개 오르나 마나 티도 안 날 만큼 스탯이 넘쳐 나기에 성에 찰 리가 없다. 차라리 안개 산맥 때처럼 다른 유저들보다 한발 앞서 나갈 무언가를 준다면, 아니, 무언가를 얻을 힌트라도 준다면 모를까.

"후."

거기다 어차피 공평하게 적용되는 홀로그램이라 해도 좋아할 수 없는 게 당장 유저들이 여기 올 일도 없지 않은가.

홀로 극한의 오지를 체험하는 기분이란.

더럽고 찝찝하다. 그러면서도 걸어 나가야 하는 자본주의에 물든 발걸음이 한없이 무겁다.

"하아."

동시에 일말의 궁금증이 생기지 않는 건 아니었다. 그 역시 게임으로 돈을 버는 인생이면서 게임을 즐길 줄 아는 프로 게이머였으니까.

'어떤 식으로 적용될까?'

홀로그램에 적혀 있는 내용만으로 추리하는 것보단 직접 경험하는 게 더 빠르고 정확하다. 일정 범위 내에 몬스터가 있으면 경고음이라도 울리는 걸까.

아니면 후각? 시각?

그저 절벽을 내려온 것을 제외하곤 위와 지형이 다를 바 없는 이곳에서 무슨 수로 그를 찾아낸다는 걸까.

호기심은 흥미를 불렀고 관심을 만들었다.

관심은 곧 사람을 생각하게 하고 움직이게 만든다. 한시민이 별 관심을 두지 않았던 방금 얻은 칭호를 확인했다.

[최초의 방문자]

* 등급: Epic Special

* 내용: 대륙의 4대 오지 중 한 곳을 최초로 발견한 모험자에게 행운과 힘을!

* 혜택 1: 추락의 절벽에서 사냥 시 추가 경험치 혜택 +30%

* 혜택 2: 추락의 절벽에서 모든 능력치, 공격력, 방어력 +3%

잠시나마 보상이 고작 침입자를 죽이려는 신호음이라며 투덜댔던 말을 쏙 들어가게 할 정도로 좋은 칭호.

등급도 등급일뿐더러 사냥터 한정이지만 보통 유저는 게임을 플레이하며 구하지 못한다고 봐도 무방할 옵션이 두 개나, 그것도 수치마저 엄청나게 붙어 있어 다른 유저들이 보았다면 군침을 흘려도 열 번은 흘렸을 것이다.

다만 그걸 받은 게 한시민이라는 아주 사소한 문제가 있을 뿐.

"줘도 이딴 걸."

게임을 플레이하며 경험치에 대한 트라우마가 생길 지경인 그다.

물론 아예 없는 것보다야 낫겠지만 30% 추가 경험치를 먹어도 여전히 필요 경험치량은 550%로 줄지 않는다는 점을 생각해 보면 굳이 이 옵션으로 내가 이 기회에 레벨을 올려야겠다는 생각은 전혀 들지 않는다.

그나마 두 번째 옵션이 수달의 광석을 15강까지 하는 데 조금이나마 도움이 된다는 게 위안이랄까.

남은 하나의 궁금증을 든 한시민이 다시 수달과 움직였다. 나머지 하나도 풀고 싶지만 굳이 주먹질 한 방에 나무를 부수고 바위를 파괴하는 몬스터들과 조우하고 싶지는 않았다.

"인생은 길고 가늘게 가야지."

자존심 따위 얼마든지 던질 준비가 되어 있는 진정한 남자!

그런 그가 숨을 죽였다. 죽어서 부활의 목걸이 쿨타임을 돌리는 것도 싫고 영지로 튕겨져 나가 다시 여기까지 날아오는 것도 싫다.

시간은 곧 금! 빠르게 끝내고 빠르게 벗어난다.

몸을 한껏 낮춘 한시민이 두 눈을 감고 집중했다. 명당이 느껴진다. 절벽 아래로 내려오니 더 진하게, 강하게 느껴진다.

그곳을 향했다.

그러다 만났다.

"……안녕?"

오우거를.

어떤 식으로 몬스터들이 그를 찾아오는지에 대한 궁금증이 풀렸다.

7

마탑주가 황제를 방문했다.

"마탑주, 추락의 절벽은 금지 중에서도 가장 까다로운 곳이라고 하지 않았소?"

"예, 폐하. 그렇습니다."

"그렇다면 그곳에 들어간 모험가가 살아나올 확률, 얼마라고 보시오?"

"폐하의 사위 말씀이십니까?"

"그렇소."

"추락의 절벽은 절벽 밑과 위, 두 공간이 존재합니다."

"알고 있소."

"밑으로 내려갔습니까?"

"그건 모르겠소."

"만약 그렇다면, 죽어서 나올 확률이 가장 높습니다."

"……."

태연하게 넘기려 했음에도 1주일이 넘도록 아무런 소식조차 들려오지 않는 상황에 혹시나 해 물은 질문.

황제가 원하는 대답이 뭔지 알면서도 마탑주는 냉혹하게 현실을 내뱉었다. 철혈의 황제에게 당당히 말할 수 있는 대륙에 몇 안 되는 사람 중 한 명이기에.

거기다 황제는 거짓을 고하는 걸 싫어한다. 당장 지금에야 입맛이 씁쓸하더라도 현실을 직시하는 편이 훗날을 도모하는 데 도움이 되니까.

"역시 그렇군."

"하지만 모험가가 아닙니까. 다시 돌아올 것입니다."

돌아오기야 하겠지. 문제는 이제 1주일도 안 남은 길드 선발전에 맞춰 와 공주의 침울함을 풀어줄 수 있느냐지.

"하아, 혹시 메스 텔레포트 같은 마법은……."

"안 됩니다."

"……."

"된다고 한들 금지에 그런 고차원의 마법을 사용하다가 얼핏 실수라도 한다면 그날로 마법을 시전하는 마법사들을 잃게 될 것입니다."

그렇겠지. 마족들이 침공했을 때나 나오던 마법들이니.

"차라리 빨리 죽어 나오는 것이 폐하께서 원하는 결과를 만드는 길일지도 모릅니다."

마탑주이자 9서클 대마도사의 말에 황제가 고개를 끄덕였다.

진리를 깨우친 자의 말이다. 한시민의 잠재력과 힘, 얄미운 머리에 대해서 굳이 설명하지 않았음에도 이렇듯 확답을 내린다는 건 그만큼 그곳이 험한 곳이라는 뜻이겠지.

"무엇보다 절벽 아래엔 드래곤 레어가 있습니다. 전설로만 내려오고 있지만 실존하고 있을 확률이 80% 이상이라 하니 아마 그 근처를 지나기만 해도……."

뒷말은 필요 없었다. 굳이 보지 않아도 알 수 있는 뻔한 그림. 황제의 근심이 조금 내려간 듯한 기분이었다.

어쩌면 이미 죽어 살아나 이곳으로 날아오고 있지 않을까 하는 그런 희망? 아니, 그런 꿈.

인간은 원래 합리화를 하며 자기 마음을 편하게 만든다.

황제도 인간이었다. 선발전 이전에 한시민이 오리라 믿으며 자리에서 일어났다.

'드래곤 레어 근처를 지나다 드래곤의 분노를 사 깔끔하게 죽는다. 최상의 시나리오군.'

어쩌다 사위의 죽음을 기원하게 되었는지 참 기묘한 현실임에도 입꼬리는 자연스럽게 말려 올라갔다. 그리고 기도했다.

'드래곤 레어는 꼭 지나치길.'

황제의 소원은 이루어졌다.

넓은 동굴이었다.

"……?"

“꾸어엉?”

“빼애액!”

그 입구가 얼마나 넓던지 여기가 동굴인지 아닌지 헷갈릴 정도.

분명 내부가 보이지도 않을 정도로 어두컴컴하고 주변은 온갖 높디높은 나무로 위장되어 있어 동굴임을 어느 정도 확신할 수 있었음에도 그 웅장함에 선뜻 걸음을 내딛기 망설여졌다.

“여기 뭐지?”

“빼액?”

하나 그런 두려움과는 별개로 한시민의 육감은 경종을 울렸다.

여기, 뭔가 있다. 뭔가 대박이 있을 것 같다. 들어가자.

땅만 파도 금이 나오는 그 정도의 대박 느낌이다.

“…….”

하지만 반대의 느낌도 함께 찾아왔다.

“여기란 말이지.”

명당.

그 기운이 저 시커먼 칠흑 속에 위치한다.

당연히 지금까지의 경험으로 비추어 보아 엄청난 고난과 역경이 준비되어 있을 것은 굳이 묻지 않아도 나와 있는 답.

대박과 고난.

공존하는 지역에선 무엇을 택해야 할까.

“내 팔자야.”

선택은 개뿔. 망치를 꺼내며 전진한다.

언제부터 돈 앞에서 고민했던가! 죽지 않고 어떻게든 살아남아 뭐라도 하나 건져 간다.

침을 삼키며 집중했다. 속으론 투덜대면서도 온몸의 감각을 곤두세워 주변을 경계했다. 이런 느낌, 오랜만이지만 게임 초창기 때 느껴본 적이 있다.

‘축복의 반지를 얻을 때였지.’

상자를 까기 전부터 엄습하는 오묘한 느낌.

죽기 전 일생이 주르륵 스쳐 지나가는 그런 기분과는 정반대의, 상상했던 앞으로의 핑크빛 미래가 그려지며 몸이 붕 뜨는 기분.

그리고 반지를 얻었었다. 그런 정도의 대박의 느낌이 또 한 번 찾아왔다.

고난과 역경 따위에 발목이 잡힐 수는 없다.

“응?”

그런 각오로 전진했음에도 한참 동안 침묵이 그를 반겼다. 앞이 하나도 안 보이는 동굴 속임에도.

하다못해 박쥐라도 파드득 날아들어 놀라게 해야 정상인

상황이 아닌가?

고요하다. 쥐새끼 한 마리 안 나온다.

혹시 마지막에 강렬한 이펙트로 등장하려 하나?

는 개뿔. 빛이 드는 곳까지 도착할 때까지 한시민에겐 아무런 일도 벌어지지 않았다.

아니, 벌어지긴 했다.

"헉!"

입이 절로 벌어지는 풍경이 그를 반기는 척 정신 공격을 감행했다.

"……."

번쩍이는 금화들, 여기저기 널브러진 온갖 장비.

그런 게 산더미처럼 쌓여 있다. 고개를 들어 봐야 할 정도로.

한시민은 여기 처음 오지만 여기가 어디인지 1초도 안 되는 시간 만에 알아챘다.

단서는 이미 머릿속에 있었다. 판월 커뮤니티 정도 훑는 건 산맥을 돌아다니며 강화하는 동안 할 수 있는 일이었으니까.

'드래곤 레어!'

어떻게 그가 여기까지 하이패스로 통과할 수 있었는지에 대한 생각은 억지로 밀어 넣었다. 대신 시선을 돌렸다.

"빼액?"

"여기 레어 혹시 네 레어냐?"

탐욕 가득한 눈빛은 한시민만의 것이 아니었다.

"빼애액?"

홀린 듯 황금에서 시선을 떼지 못하던 빼액이가 한시민의 질문에 울음소리를 내뱉었다.

순간 가장 먼저 든 생각은 의외의 것이었다.

'가져가도 될까?'

아주 뿌듯한, 근 반년 넘게 현실보다 게임에서 하루 동안 보내는 시간이 많았던 게임 폐인으로서 그래도 현실을 살아가는 현대인이라는 자부심을 느끼게 해주는 일말의 자존심이자 양심.

25년 동안 자라며 배우고 익힌 본능!

남의 것을 탐하지 말라!

21세기에 들어서 그런 구닥다리 사고방식은 조금 변경되어 '남의 것을 탐하지 않지는 않되 주인이 없는 것만 탐하라!'로 바뀌었지만 어쨌든 그런 도덕적인 생각이 한시민의 머릿속에서 가장 먼저 들었다는 것이다.

"시민아, 대견하다."

자기 자신에게 칭찬을 날려주었다.

원래 본인은 본인이 가장 잘 아는 법. 냅다 훔칠 생각부터 해야 정상인 마당에 이런 고민을 단 1초지만 했다니.

"훔칠 자격이 있다."

한결 편하게 마음을 먹었다.

그래도 최소한의 양심이 남아 있는 걸 확인했으니 할 일을 하자.

약 1초간의 망설임을 언제 그랬냐는 듯 순식간에 떨쳐 버리고 다음 고민을 시작했다.

'얼마나 될까?'

무려 드래곤 레어다. 아니, 드래곤 레어로 추정되는 동굴이다.

그런 곳에 산더미처럼 쌓인 금은보화. 가져가기도 부담스러울 정도로 많아 계산도 당연히 부담된다.

하지 말자. 해서 뭐하냐.

"에이."

깔끔하게 포기했다. 계산 따위. 지금 할 만한 고민도 아니며 그보다 급한 문제가 있지 않은가.

"……."

아직 풀지 못한 의문. 풀고 싶진 않지만 지금 이 공간에서 꼭 풀어야만 하는 문제.

왜 이런 금은보화들을 지키는 몬스터가 하나도 없는가!

하다못해 쥐새끼 한 마리라도 누군가 금은보화를 탐낸다는 걸 지켜보고라도 있어야 하지 않는가!

선뜻 달려들지 못하는 가장 큰 이유다. 혹시 함정이 아닐까.

추정대로 드래곤 레어라면, 그 성질 더럽다고 소문이 난 드래곤이라면 확실히 변태 끼가 흘러넘쳐 인간을 발견하고 동굴의 입구부터 지키고 서 있던 몬스터들을 물렸을 수도 있다.

그리고 기다렸겠지. 들어오기를, 또 발견하기를.

인간의 탐욕이야 아이큐가 한 자리인 오크도 아는 마당에 드래곤이 모를 리가.

금은보화에 눈이 멀어 달려드는 순간 희망을 나락으로 떨어뜨리고 농락하며 죽이려는 게 아닐까.

그런 합리적인 의심이 들었다.

하지만 빼액이는 아닌 듯했다.

"빼애애액!"

"안 돼!"

금을 보고 달려드는 빼액이. 한시민이 헉 소리를 삼키며 다급하게 외쳤다. 평소였다면 아주 좋은 시험 대상이라 생각하며 방관했을 것이다. 하나 지금은 아니다. 대상이 빼액이가 아닌가!

차라리 한시민이 몸을 던져 확인하는 편이 훨씬 나을 수도 있다. 물론 진짜 함정이 맞으면 결국 둘 다 죽는 건 마찬가지겠지만.

‘아니지, 진짜 드래곤 레어라면 빼액이도 드래곤이니까 죽이진 않으려나?’

하도 많은 생각을 하니 정리가 제대로 되지 않았다. 그러는 사이 빼액이가 금은보화에 도달했다. 한시민이 판단하고 결정을 내리기도 전의 일. 동시에 금덩이들에 몸을 던졌다.

쏟아진 물.

두 눈을 부릅뜨며 주변을 살폈다. 온몸의 긴장을 끌어올렸다. 어디선가 드래곤 피어라도 날아오지 않을까.

“…….”

하지만 별일 없었다.

“빼애액!”

빼액이가 온갖 금은보화 속에서 금덩이들만 쏙쏙 빼먹으며 기분 좋은 울음을 흘리기 시작했음에도, 그 많던 보물 더미가 빠르게 줄어듦에도.

반쯤 그렇게 진행되었을 때, 현명하고 냉철하고 판단이 빠른 한시민의 입가엔 어느덧 한 줄기 미소가 쓰여 있었다.

“대박.”

지금까지 아무런 반응이 없으면 그가 세웠던 부정적인 가설은 그냥 망상이라고 치부해도 무관하다.

남은 건 수금! 어째서 이런 곳에 이런 행운이 있을까에 대한 과분한 의심 따위!

"평소에 다 착하게 산 덕분이지."

돈이 되는 잡템 하나까지 마법 주머니에 넣어 다니던 한시민이 다른 사람이라도 된 듯 아공간을 열어 필요 없는 아이템들을 마구잡이로 꺼내 버리기 시작했다.

"좋은 사람이 주워가길."

양심 없는 말을 내뱉으며 보물들을 쓸어 담는다. 그러면서 안도의 한숨을 내쉬었다.

"언젠가 이런 날이 오길 바라며 모아왔던 마법 주머니가 드디어 쓰이는구나."

역시 인생은 어떻게 될지 아무도 몰라.

"꾸어엉."

오로지 보물을 쓸어 담기 위해 태어난 듯 주위를 보지도 않고 한동안 보물 더미에 파고든 한시민과 빼액이를 보며 여기까지 오게 된 원인이 억울한 울음을 흘렸다.

내 것부터 강화 좀 해주지.

그의 애처로운 울음은 지금만큼은 효과를 볼 수 없었다.

9

카르디안은 블랙 드래곤이다.

드래곤이되 대륙 수호의 임무를 저버린 자.

이를테면 이단아! 드래곤계의 변절자!

마족 침공 때 마족의 편에 서서 동족들과 대립한 자.

그렇기에 그의 레어는 마족들의 대륙 임시 거점이었던 4대 오지 중 한 곳에 있을 수밖에 없었다.

또한 패배해 물러가는 수많은 마족과 함께 기나긴 영면에 들었었다. 그러다 깨어났다. 오랜 시간이 흘러.

"크롸라라라라!"

거대한 몸체, 칠흑의 비늘, 날카로운 눈매.

깨어나며 내쉬는 하품이 절벽 아래에 울려 퍼진다.

몬스터들이 공포에 떨고 그동안 절벽 아래를 지배하던 먹이 사슬이 한순간 뒤바뀌는 시발점!

자비?

블랙 드래곤에게 그런 건 없다. 평화를 지향하고 대륙을 수호하는 드래곤의 임무를 저버리고 어둠과 손을 잡은 자가 아니던가.

소멸, 죽음.

블랙 드래곤에겐 그런 것뿐이다.

쿠쿠쿵—

해서 수면에서 깨자마자 그 무거운 몸을 움직여 레어를 나섰다. 그와 함께 수백 년 동안 단잠을 위해 주변과 레어를 경계하던 호위 몬스터들이 따랐다.

"크로로롸롸!"

낮은 포효. 수백 년 동안 바뀐 주변에 대한 불만.

펄럭-

거대한 날개가 펼쳐졌다. 의지가 주변에 전달됐다.

따라오라! 정리하겠다.

드래곤을 수호하는 몬스터들은 아무 말 없이 명령에 복종할 뿐이다. 날아오르는 드래곤을 몬스터들이 따랐다.

레어를 지키는 이가 아무도 없어진다는 생각 따윈 드래곤을 포함해 그 누구도 하지 않았다. 애초에 넓디넓은 절벽 아래를 정리한다는 마인드 자체가 감히 드래곤이 아니면 할 수 없다.

지금껏 이곳을 지배하는 최상위 먹이사슬마저도 모든 곳을 통제하지 못해 포기하지 않았던가. 그런 곳을 그저 자고 일어났으니 다시 되찾겠다는 드래곤의 레어를 누가 감히 털겠는가. 아니, 누가 감히 접근이나 하겠는가.

이미 수백 년간 지키는 경비 몬스터가 있음에도 그 누구도 가까이 다가오지 않았던 오지 중의 금지다.

그렇게 길고 긴, 하지만 길지 않은 시간이 지나고 블랙 드래곤이 돌아왔다.

"크롸롸로롸!"

자신의 강렬한 존재감을 알렸으니 조용해지겠지. 그리고

따르겠지.

우선 영면의 잔재를 떨쳐 내고 다시 대륙에 모습을 드러내고 자신의 존재감을 과시하리라.

또 도와야지, 마족들의 침공을.

앞으로의 일정을 생각하니 기분이 찝찝해졌다.

시간은 수백 년이 지났지만 모두 숙면했던 기간이기에 블랙 드래곤에겐 마치 어제와 같았던 패배의 시간들. 그런 불쾌함이 그나마 한바탕 몸을 움직이고 온 것에 씻겨 내려갔다.

거대한 몸체가 레어로 다시 들어간다.

간단한 채비만 갖추고 인간 세상을 향해 날아가 볼까.

가벼운 피어만으로 공포에 떨 인간들을 볼 생각을 하노라니 희열이 밀려온다.

"크롸롸롸!"

기쁨을 포효하며 레어에 들어간 블랙 드래곤의 걸음이 멈칫했다.

"크?"

의문의 갸웃거림. 더듬는 기억. 한 번 본 건 절대 잊지 않는 드래곤의 머릿속에 불과 반나절 전의 레어의 모습이 스쳐 지나간다.

빠르게 그려지는 그림. 아직 다 그려지지는 않았지만 분명한 건 하나다. 적어도 나가기 전엔 이렇게 난장판은 아니었다는 것.

"크롸롸롸롸!"

그것이 의미하는 바는 하나다.

침입자! 어느 놈이 감히 블랙 드래곤의 레어에 말도 없이 침입한 것도 모자라 레어 내부 여기저기를 파괴하고 다녔다!

분노를 삼키는 발걸음이 레어 깊숙한 곳으로 향했다. 고작 레어 입구에 이런 난장판이라면 안은 말할 필요도 없겠지만 두 눈으로 확인해야 했다.

혹시나 하는 기대 따위는 하지 않았다. 결과 역시 마찬가지였고.

"크르르르."

그리고 사라진 그의 보물들을 확인한 순간 분노가 표출됐다.

마치 누군가 무슨 거친 작업이라도 한 듯 여기저기 남아 있는 흔적들. 사라진 보물. 그와 함께 약이라도 올리는 건지 그 자리에 대신 쌓여 있는 온갖 쓰레기.

마족들의 편에 서 전쟁에 패배했을 때보다 더 깊은 분노가 치밀어 올랐다.

블랙 드래곤이 날아올랐다.

10

길드 선발전 개막식이 열렸다.

수많은 길드가 참여했으며 2/3 이상이 NPC로 이루어진 그야말로 유저만을 위한 이벤트가 아닌 이벤트! 진짜 대륙의 축제!

ㅡ와, 지린다.

ㅡ사람 봐라. 대박이네.

ㅡNPC들 근육 봐라. 레벨은 몇일까?

ㅡ분명한 건 저기 듣보 길드도 지금 유저들보단 높다는 거겠지.

ㅡ반박 불가.

몇몇 유저의 방송을 통해 보는 시청자들도 그 기세에 주눅이 들 정도였다.

당연한 이야기다. 당장 이곳에 올 만한 레벨도 길드도 없는 게 대부분인 시청자에게 있어 바람을 만들어내고 돌을 맨손으로 깨부수는 NPC들의 모임은 확실히 같은 게임 내에서도 다른 세상의 모습처럼 보일 수밖에 없으니.

언젠가는 이런 격차가 좁혀질 것이다. 하나 지금은 아니다. 그렇기에 사이에 섞인 유저들도 대부분 주눅이 들어 눈치만 보는 상태였다.

유저의 패기?

부리겠노라 선언하고 갔던 수많은 커뮤니티의 유저 중 기선을 제압하며 모험가의 위대함을 선보이는 이는 없었다.

그게 집단의 무서움이다.

분위기.

여기서 깝죽거리면 죽도 밥도 안 된다.

하루 이틀 게임 하다 접을 거면 보는 이들을 위해 시원하게 내지를 법도 하건만 여기까지 길드 선발전에 참여하기 위해 온 이들 중 과연 그럴 만한 이가 어디 있을까.

괜히 이벤트에 참여하려다 터를 잡은 NPC들과 마찰을 빚어봐야 좋을 게 하나 없다. 성장했다지만 여전히 유저가 을인 게임이니까. 아직은.

그런 침묵이 맴도는 장내. NPC들도 NPC들 나름대로 빠르게 치고 올라오는 모험가들을 경계하는 속.

"빼애애애액!"

침묵을 깨는 울음소리가 상공에서 메아리쳤다. 자연스럽게 축사를 읊으려던 황제를 포함해 모든 시선이 상공을 향했다. 그리고 보았다. 그토록 찾던 얼굴을.

"후아!"

감히 황성에 허락도 없이 불시착한 주제에 기지개를 켜며

다가오는 태평한 모습! 유저들은 감히 내보일 수 없었던 그 배짱!

거기다 늦은 주제에, 분위기를 망친 주제에 뻔뻔하게 황제에게 다가간다.

“딱 맞춰 왔죠?”

“…….”

“아, 절 길드 선발전에 시간 맞춰 데려오면 뭐 준다고 들었는데. 제 길드인 스페셜리스트한테 소식 듣고 왔으니 알아서 잘 챙겨주세요.”

“…….”

동시에 퀭한 눈과 먼지투성이인 몸을 이끌고 내려가 대열에 합류한다.

“아, 피곤해. 빨리하고 잠이나 자러 가야지.”

길드 선발전에 걸린 보상 따위 어울리지 않게 조금도 욕심내지 않는 표정과 말투!

먹을 거라면 걸신들린 듯 달려들던 거지가 어디 잔치에 가서 잔뜩 먹고 와 짜장면은 거들떠보지도 않는 듯한 장면에 미리 와 있던 스페셜리스트가 고개를 갸웃했다.

궁금증을 못 참는 강예슬이 다가갔다.

“오빠, 뭐야. 웬 거지꼴이야.”

“야, 예슬아.”

"응?"

"때가 된 거 같다."

"무슨 때?"

"밥 사줄 테니 적당한 건물 하나 추천 좀 해줘."

"……?"

"돌아다니다 돈 좀 주웠거든."

하나 한시민은 질문에 엉뚱한 대답을 내뱉었다.

무슨 개소리냐는 질문을 하기 전 길드 대화를 통해 들려오는 한시민의 말에 강예슬의 입이 벌어졌다.

Episode 33.

배 째

1

한시민의 목소리엔 자신감과 자부심이 담겨 있었다.

"나 드래곤 레어 털었다."

"……?"

듣는 입장에서야 어떻게 들리든 나만 당당하면 된다.

마이 웨이!

그 당당함에 강예슬이 대꾸하지 못한 것이다. 말도 안 되는 개소리라는 걸 이성적으로 잘 파악하고 있음에도.

황제의 기나긴 연설이 진행되는 와중 한 걸음 물러서 한시민의 머리끝부터 발끝까지를 훑는다.

"흠."

화려한 건 맞다. 진홍빛 오라는 눈이 부실 정도고 만약 한시민이 사냥을 하는 유저였다면 스틸범이든 시비를 걸기 위해 게임을 하는 유저든 그에게만큼은 다가오지 않을 정도로 화려했으니까.

거기다 겉보기에만 번지르르하지 않다는 건 웬만큼 판타스틱 월드를 오픈 초기부터 해왔고 커뮤니티를 꾸준히 들락거린 사람이라면 충분히 안다.

다만, 하지만.

"드래곤 레어를?"

그 누구보다 한시민에 대해 잘 아는 스페셜리스트는 그 누구보다 현실적으로 비교해 판단할 수 있다.

어느새 많이 따라오긴 했지만 여전히 50도 안 되는 레벨.

스탯과 나머지 괴물 같은 버프들은 둘째 치고 당장 레벨 하나만 봐도 견적이 나오지 않는가?

"혹시 새끼 드래곤? 아님 빼액이 레어?"

"놉. 누구 것인지는 모르겠는데 분명한 건 빼액이 레어는 아냐."

"어떻게 확신해?"

"황금이 산더미처럼 쌓여 있었거든."

"……아."

금이라면 눈이 뒤집혀 달려드는 애가 제 레어에 황금을 쌓아둘 리가 없구나.

납득한 채 고개를 끄덕였다. 하나 의문이 모두 풀리는 건 아니었다. 아니, 오히려 더 쌓이는 기분이다.

“그럼 어떻게 드래곤의 레어를 털었다는 거야? 빼액이 것도 아닌데.”

아직 단 한 번도 등장하지 않았지만 사실 판타스틱 월드에 존재하는 드래곤은 모두 호구인 것인가?

생각해 보니 그러네.

당장 빼액이만 해도 그렇지 않은가. 골드 드래곤이라는데 생긴 건 꼭 참새처럼 생겨서 황금만 보면 인간한테 간, 쓸개 다 바칠 것처럼 애교를 부린다.

“흠.”

그럴 수도 있겠구나. 너무 편견을 가진 시선으로 드래곤에 대해 생각하면 안 되겠어.

비록 갖고 있던 드래곤에 대한 환상이 깨지는 듯했지만.

“나도 몰라. 아무것도 없어서 그냥 다 가져왔어. 뭐 드래곤 레어가 아니라 나 같은 클린 하고 착한 유저를 위해 마련되어 있던 보너스 던전일 수도 있겠네.”

“응, 그건 아냐.”

차라리 드래곤이 잠깐 치매에 걸려 제 집을 못 찾고 방황했다는 게 더 말이 되겠다.

강예슬이 단호하게 고개를 젓고 이내 다음 문제로 넘어갔다. 어차피 본인도 모르는 문제다. 고민하고 추리해 봐야 무슨 의미가 있겠나.

"그래서, 많이 챙겼어?"

이거야말로 해결할 수 있는 궁금증임과 동시에 대리만족과 부러움을 동시에 느낄 수 있는 화제!

어디 한번 자랑해 봐라. 얼마나 많이 챙겼기에 먼저 화두를 꺼내나.

강예슬이 마음의 준비를 단단히 했다. 한시민이야 1골드만 내밀어도 당장 그녀를 누나라 부를 준비가 되어 있는 남자니까 사실 그렇게 큰 액수가 아닐 수도 있다는 생각은 들었지만 그럼에도 혹시 모른다.

기대가 낮을수록 놀람은 큰 법.

최대한 높은 금액을 생각해 자랑하려는 한시민의 기분을 망치리라!

정설아와 정현수도 귀를 기울였다. 어차피 한시민이 자기가 구해온 돈을 같은 길드원이라고 공평하게 나누는 짓 따윈 할 리가 없기에 들으나 마나 그림의 떡이었지만 그래도 지루한 황제의 연설을 듣는 것보단 누가 얼마를 벌었는지에 대한 이야기가 더 흥미롭다.

모두의 기대가 집중된 가운데 한시민이 입을 열었다.

"정확한 건 잘 모르겠고, 내가 가진 건 대부분 아이템이라. 빼액이가 처먹은 골드는 한 2백만 정도?"

"……."

순간 머릿속에서 계산기가 타닥타닥 하고 13만이 곱해진다.

떡 벌어지는 입.

동시에 한시민이 어째서 그녀에게 건물주가 되겠다는 포부를 밝혔는지에 대한 납득이 가는 순간!

물론 현실적으로 크게 와닿지는 않았다.

"많네."

그냥 이 정도?

어쩌면 당연한 말이다.

누가 갑자기 다가와 나 길 가다가 돈이 떨어져 있어 주웠는데 그게 한 2천 5백억 정도 되네?

이런 느낌이니까.

내 돈도 아니거니와 그런 금액이 현실에 존재한다는 것도 믿기지 않는다. 재벌이라도. 그렇게 큰돈은 개인이 만질 수준이 아니니까.

그리고 그건 말을 내뱉은 본인도 마찬가지였다.

다만 강예슬이 느꼈던 현실과의 동떨어짐과는 조금 다른 이유의 외면.

"어차피 저 녀석이 다 처먹어서 내 돈도 아냐."

"……아."

"난 거기 있던 장비랑 보석들 팔아서 건물 사야지."

"……."

그래도 많은 건 변하지 않았지만.

어쨌든 맨날 어디 돈 나오는 구멍 없나 돌아다니는 한시민의 인생 역전에 귀 기울이는 사이 연설은 끝이 났다.

"……해서, 이번 선발전은 모험가들의 수준을 고려해 형평성에 맞는 방식으로 진행할 것이다. 그럼 건투를 빈다."

와아아아!

길드 선발전의 시작. NPC를 포함한 유저들까지 잔뜩 기대에 부풀었다.

어떤 과제가 나올까.

길드 선발전 진행 방식을 설명해 줄 진행자가 아래쪽 단상에 올라섰다.

"이번 길드 선발전은……."

짧은 규칙 설명. 별다를 건 없었다. 약육강식을 지향하는 황제가 여는 이벤트. 승리를 위해 어떠한 짓도 용납되는 곳에서 무슨 규칙이 구구절절 많겠는가.

빠르게 설명을 끝내고 길드들을 풀어준다.

그를 위해 말한다는 듯 진행되는 설명은 막바지를 달려 나갔다.

하나 끝부분, 길드들이 무엇을 해야 할지에 대한 설명에 잠시 멈췄다.

그를 부르는 다급한 손길, 달려오는 사람, 속닥이는 말, 그리고.

"……최종 선발 조건은 드래곤 사냥입니다."

이벤트가 갱신되었다.

추락의 절벽. 그리고 그곳을 둘러싼 거대한 산맥. 맞닿아 있는 왕국인 레헬 왕국!

"크롸롸롸롸!"

그곳에 재앙이 닥쳤다.

"꺄아아악!"

"드, 드래곤이다!"

"살려줘!"

상공 위, 떠 있는 위압감만으로 인간들을 벌벌 떨게 만드는 칠흑의 드래곤!

처음 보는 이가 대부분임에도 사람들은 겁먹고 도망치기 바빴다.

하나 드래곤은 그런 회피를 용납지 않았다.

후웅-

둥그렇게 떠 있는 하나의 태양 주변, 창조되는 수십 개의 운석.

메테오!

떨어진다. 그리고 파괴한다.

콰콰콰콰콰쾅!

"크롸롸롸롸!"

파괴되는 모든 것을 보며 블랙 드래곤이 울부짖었다.

"크롸롸롸롸롸롹. 쿨럭."

신나는 웃음 중간, 토해지는 한 줌의 피 따위!

이미 죽어 없어진 인간들이 볼 수 있을 리 없겠지.

주변을 살피며 확인한 카르디안이 만족스럽게 날개를 펄럭였다.

이 정도면 인간들에게 위대한 블랙 드래곤의 복귀를 충분히 각인시켰겠지.

그리고 이제 찾으면 된다. 감히 겁도 없이 레어를 털어간 놈을.

분명 인간일 것이다. 아쉽게도 그의 영면이 깸과 동시에 보물들에 걸려 있던 온갖 알람 마법과 함정 마법이 풀려 추적할 수는 없지만 분명 그러리란 촉이 왔다.

아니면 말고.

어쨌든 한 차례 메테오를 갈긴 카르디안이 등을 돌렸다.

마음 같아선 이런 변두리 왕국의 영지가 아닌 인간들이 옹기종기 모여 사는 수도를 공격하고 싶지만 그럴 만한 마나가 없다.

온전한 몸이었다면 달랐겠지만 어디까지나 그는 수백 년 전 전쟁에서 패하고 반강제로 영면에 든 몸!

다른 드래곤들이 목숨을 희생해 그에게 온갖 제약을 걸어 놓았기에 사용할 수 있는 마나와 마법에 한계가 있을 수밖에.

하지만 걱정하지 않았다. 무리해서라도 이렇게 보여준 이상 인간들은 당분간, 적어도 백 년간은 그를 향해 감히 검을 뽑을 생각조차 하지 못할 것이다. 두려울 테니까.

한 번에 사그라지는 수천의 생명.

지금까지 늘 그래 왔다. 이제 남은 건 휴식을 취하며 바닥난 마나를 다시 끌어모으고 분탕질 치며 레어를 털어간 인간에 대한 복수를 하는 것.

그런 탄탄대로만이 남아 있으리라!

2

일부 유저, 그러니까 레헬 왕국 최전방 영지에서 퀘스트를 수행하던 소수의 유저에 의해 블랙 드래곤 카르디안은 유저들에게 모습을 드러냈다.

—와, 드래곤 처음 본다.

—진짜 있긴 하구나.

—돌았다. 메테오 저거 몇 개임.

—……죽일 순 있나.

—근데 왜 갑자기 나타나서 지랄임?

—모르지. 워낙 제멋대로 사는 드래곤이라니.

경악!

공포!

두려움.

대륙의 사람들이 느끼는 감정을 유저들도 느꼈다. 빌빌거리며 한 개, 두 개 레벨이나 겨우 올리는 상황에서 난데없이 최종 보스가 나타난 기분이랄까. 당황스러울 수밖에 없다.

게다가 나타나자마자 한 게 인간 세상에 와 메테오를 날려대는 것이라니! 이 얼마나 말도 안 되는 보스란 말인가.

—최종 보스는 아니겠지?

—설마.

—맞을 수도. 저런 마법 그냥 아무렇지도 않게 날려대는 거 어떻

게 잡음?

–NPC들도 안 되나?

–되겠냐.

혼란은 걷잡을 수 없이 퍼졌다. 두려움도 잠시, 대부분은 호기심과 로망에 대한 관심으로 번졌지만 연일 드래곤에 대한 이야기가 나왔고 거기에 길드 선발전에 관한 내용마저 커뮤니티에 올라왔다.

–제국도 참여할 모양인데?

–드래곤 레이드라니. 진짜 되긴 하는 건가?

–브레스 한 방에 다 뒤질 거 같은데.

–그냥 최종 목표로 말한 거 같고 선발전 순위는 몬스터 사냥한 양 순으로 정할 것 같음.

–그래 봤자 드래곤 있는 사냥터에 들어가야 하는 거 아니에요?

–그렇긴 하죠.

–ㄷㄷ.

그와 함께 누군가 의문을 제기했다. 잠시 잊고 있던 문제. 불과 며칠 전까지만 해도 커뮤니티를 달구었던 화제.

–그런데 진짜 드래곤 레어가 있었나 보네요? 그때 시민이 들어 갔지 않았나?

–??? 헐.

–혹시…….

어차피 처음부터 끝까지 소설이다. 누구 하나 본 적이 없으니.

해서 온갖 내용이 쏟아져 나왔다. 그 가운데 당사자는 침묵했다. 아니, 이런 쓸데없는 글들을 볼 시간이 없었다. 여기서 한마디 칠 시간에 당장 눈앞에 있는 고객들에게 입을 털기 바빴으니까.

"자자! 모두 주목해 주세요!"

선발전 조건을 들은 뒤 착잡한 표정으로 계획을 세우는 수많은 길드를 보며 외치는 한시민!

모두의 고개가 들린다. 그럴 수밖에 없다. 오로지 황제만이 설 수 있는 단상에 올라가 말하고 있었으니.

무시하려면 무시할 수 있지만 그럴 수 없었다.

"제가 황제 폐하 사위인 건 아시죠? 잠깐 가서 들었는데 이번 선발전은 원래 드래곤과는 전혀 상관이 없었다네요?"

그들에게 꼭 필요할 것 같은 정보에 대한 미끼를 툭 던졌기에.

모두가 집중했다. 뭔가 반칙이 아닌가 싶지만 그걸 공유하겠다는데 말릴 이유는 없다.

"레헬 왕국이 블랙 드래곤의 공격을 받았대요. 그래서 복수를 위해 그렇게 바꿨고요. 뭐, 잡으리란 생각은 당연히 없어 보이긴 했는데 만약 잡으면 엄청난 보상을 기대해도 좋다고 하더라고요?"

"……!"

그런 생각을 한 순간 한시민의 계략에 낚인 것이나 다름없다. 유저를 포함한 NPC들이 어느새 한시민의 말에 귀를 기울여 듣고 있었다.

"물론 계획에도 없던 드래곤 레이드니 힘들겠죠. 그래서 준비했습니다!"

거기서 꺼내는 물건은 싸구려 중국산 옥 장판이라도 팔릴 확률이 증가한다. 하다못해 드래곤 레어에서 가져온 물건이라면?

"싸게 해드립니다. 줄 서십쇼!"

마법 주머니들을 가득 채운 수많은 장비가 세상에 모습을 드러냈다.

3

드래곤 레어에 있던 아이템들은 당연히 좋은 것뿐이다.

너무나도 많은 아이템이 즐비해 사실 거기 안에 안 좋은 게 몇 개 끼어 있다고 한들 이상할 것도 없고 기분이 나쁠 일도 없지만, 과연 드래곤. 정말 눈이 높고 깐깐하고 돈이 되는 것만 취급하는 한시민의 눈에도 하나 버릴 게 없다 생각될 정도로 선별된 등급의 것들!

그 시세는 스페셜리스트가 가장 잘 안다.

현재 대륙에 풀리지 않은 고급 아이템들은 등급이 높고 희귀한 옵션이 붙어 있다. 특히 일신의 전투력 향상을 위해서라면 집이라도 팔아 돈을 마련하는 기사 혹은 용병들과 그에 못지않게 자신의 캐릭터를 게임 내에서 최고로 만들고자 하는 의욕이 하늘을 뚫고 올라가 있는 유저들이 공존하는 세상.

100만 원짜리 아이템이라면 150만 원이 될 최상의 조건이다.

거기에 한시민이라는 악덕 판매자가 끼어들었다.

“단돈 100골드에 저렴하게 모십니다. 오늘, 황제 폐하의 명을 받들어 길드 선발전 겸 대륙에 찾아온 위기를 해결하기 위해 발 벗고 나서는 용사님들을 위해 특별히 손해 보고 팝니다. 날이면 날마다 오는 기회가 아닙니다. 단돈 100골드! 현찰 박치기! 1골드의 흥정도 없습니다! 옵션이 더 좋다고 더 받는다? 노노! 무조건 골라. 골라!"

"……."

대륙의 NPC들은 처음 듣는 생소한 판매 방식!

당연히 의아하고 의심이 될 수밖에 없다.

한 보따리에서 풀어지는 수많은 아이템이 전부 100골드라니? 애초에 하나에 100골드나 받을 만큼의 가치는 있단 말인가?

머뭇거릴 수밖에 없다. 아니, 머뭇거릴 상황도 아니다.

유저들에게 있어 1골드는 13만 원. 100골드는 1,300만 원이라는 거금인 만큼 대륙의 NPC들에게도 마찬가지다. 그만큼의 돈을 갖고 있지 않은 자가 부지기수이리라.

돈도 없고 말도 안 되는 금액이고. 누가 관심을 갖겠는가.

한시민의 포부보다 반응이 싸했다.

하나 한시민은 주눅 들지 않았다. 이미 예상한 바다. 그라도 웬 엉뚱한 놈이 나타나 약을 팔면 사기는커녕 듣지도 않았을 테니까.

그뿐이랴. 판다는 놈의 신분이 황제의 사위다. 누가 봐도 신분을 앞세워 어떻게든 삥 뜯어보겠다는 심보로 보이지 않는가!

오해를 풀어줘야 한다. 장사치의 가식적인 미소가 한층 진해졌다.

"다들 너무 짜시네. 선발전에 나갔다가 뒤지면 그 목숨 다시 되돌리지도 못하는데 돈 아꼈다가 저승 노잣돈 쓸 겁니까? 자자, 망설이지 마시고 와서 보세요. 만져 봐도 되고 옵션 확인해도 됩니다. 가져가지만 않는다면, 망가뜨리지만 않는다면 얼마든지 확인해도 좋으니 일단 보라니까."

장사의 기본은 고객과의 신뢰! 내가 가진 모든 것을 꺼내 보여 고객의 신뢰를 얻었을 때 비로소 진행되는 게 거래!

역시 가까이 다가오는 이는 없었지만 아까와 비교하면 한결 분위기가 나아졌다. 그 풀리는 데에 결정적인 역할을 한 게 유저들이었다.

"어디 한번 보기나 할까?"

"살 돈은 없지만……."

"저 사람 되게 유명하던데, 아이템도 엄청 좋고. 얼마나 좋은 거기에 100골드나 받고 파는지 구경이나 해보자."

게임을 하며 언제나 좋은 아이템 매물을 찾아보고 사지도 못하지만 내가 이걸 꼈을 때 얼마나 강해질까 상상하는 이들!

어차피 보는 데 돈 드는 것도 아니고 내 평생 게임 하며 먹을 수 있을까에 대한 고민이 들 만큼 좋은 아이템, 바로 앞에서 구경이나 해보자.

하나둘 걸음을 옮기니 NPC들도 슬쩍 합류했다.

어쨌든 여기 모인 NPC든 유저든 결국 몇 년, 몇십 년에 한 번 열릴지 모르는 길드 선발전에서 이름을 올리고 대륙에서 손에 꼽는 길드라는 타이틀을 얻기 위해 온 자들이다.

당장 조금의 전력을 올리기 위해 사비를 털어도 모자랄 판에 혹시 하는 가능성에 거는 건 결코 나쁘지 않은 선택.

제법 많은 사람이 단상 쪽으로 오자 한시민이 내려와 보따리를 보기 좋게 풀었다.

가져온 열댓 개의 마법 주머니 중 하나! 장신구부터 무기까지 구분 없이 더미로 쌓이는 아이템들을 길드들이 구경하기 시작했다.

그리고 아이템들을 확인하는 손들이 느려졌다. 좌중은 침묵으로 서서히 뒤덮였고 대충 훑어나 볼까 짝다리를 짚었던 자들의 자세가 온전해지고 공손해졌다.

"……정말 100골드입니까?"

"물론!"

"여기 있습니다."

얼마 지나지 않아 첫 고객이 도화선에 불을 붙였다.

기다렸다는 듯 아이템들이 팔려 나갔다. 조금씩, 그러나 꾸준하게.

한시민은 꾸준히 약을 팔아가며 아이템을 처분하면서도 다가오는 스페셜리스트를 사전에 차단했다.

"사지 마."

"에? 왜?"

"이것들, 가져온 것 중에서 제일 안 좋은 거야."

"……."

진실을 공유해 주는 친절함! 스페셜리스트에게 베푸는 한시민만의 호의!

"뭐, 가격이 바가지는 아니긴 한데."

토로하는 진실.

"아직 전부 확인한 건 아닌데 오면서 대충 훑은 것들 중에 가장 안 좋은 것들이니 굳이 살 필요는 없어. 지금이야 적당한 가격이라 해도 나중엔 시세가 더 떨어질 테니까."

"그래서 이렇게 물량을 많이 푸는 거였구나. 대체 얼마나 가져왔기에."

"이런 보따리가 한 열 개?"

"……오빠, 나랑 결혼하자."

재벌이 이렇게 고백할 정도의 대박.

그제야 강예슬은 한시민이 아무렇지 않게, 덤덤하게 내뱉은 대박의 수준을 대충이나마 짐작할 수 있었다.

과연! 한시민은 금수저가 아니지만 그의 눈만큼은 이미 웬만한 재벌을 뛰어넘어 있구나! 그가 대박이라 말한 수준이 이 정도였다니.

입이 떡 벌어진다. 당장 그녀가 본 판매 금액만 2천 골드를 넘어간다.

목숨을 건 전쟁터에 나가는 주제에 무슨 골드를 현금으로 이렇게 많이 들고 다니는지에 대한 의문은 둘째 치고 남아 있는 물건들을 다 팔면 대략 5천 골드를 한 자리에서, 한 시간도 안 되는 시간 동안 버는 것.

현금으로 따지면 5억이다. 대한민국에서 5억으로 평생 부귀영화를 누리며 살 수는 없지만 남은 아이템들과 이런 부를 만들어내는 그의 능력을 보면 재평가할 수밖에 없다.

그렇게 강예슬이 감탄하는 사이 정설아는 더 먼 곳까지 바라봤다.

"앞으로 계속 풀 예정이신가요?"

"그래야죠. 워낙 많기도 하고 조금이라도 거품이 꼈을 때 팔아버리는 게 낫죠."

"원하는 가격을 못 받으실 수도 있어요."

"어차피 길 가다 주운 거예요. 갖고 썩히느니 빨리 팔아버리고 그 돈을 굴리려고요."

최고의 효율과 최고의 수익! 그녀가 대충 훑어보고 판단한 바와 다른 한시민의 의견!

그럼에도 그의 말을 듣고 그녀는 고개를 끄덕였다. 나쁘지 않은 선택이고 맞는 말이다.

손해 보고 조금 싸게 판다.

아쉬워 보일 수 있다. 이렇게 많은 물량이라도 워낙 넓은 대륙이고 돈 많은 유저뿐 아니라 NPC도 많으니 천천히 하나씩 희귀성을 부각시키며 팔면 더 많은 돈을 벌 수 있는 건 세 살배기 아이도 아는 이야기.

당장 한시민만 해도 명품을 앞세워 경매까지 하지 않았었던가. 이런 식으로 팔면 좋은 게 한꺼번에 시장에 풀리며 고급 아이템에 대한 시세가 떨어질 수밖에 없다. 그 손해를 박리다매로 납득하겠다는 뜻.

방향을 장사에 두지 않는다면 충분히 괜찮은 조건이다. 최고의 수익을 올리려면 최소 몇 년이 걸릴지 모르는 장기적인 장사가 될 테니까. 그사이에 어떤 변수가 생겨 다른 아이템들이 풀릴지 모르고.

무엇보다 한시민은 선두에서 달려 나가는 유저다. 조금의 손해보다 시간이 더 가치 있는 유저.

"뭐, 등급을 나눠 단계별로 팔 거니까 너무 걱정 안 하셔도 돼요."

"그러게요. 괜한 걱정을 했네요."

게다가 상대는 한시민. 세상에 하지 않아도 될 3대 걱정 중 하나가 한시민이 먹고사는 걱정이 아니던가! 사막에서 모래를 팔고 드래곤에게 마나를 팔아먹을 놈!

그가 주는 정보를 겸허히 수용했다.

"특별히 스페셜리스트에겐 제일 좋은 거 살 기회를 드릴게요."

"고마워요."

"20프로 할인해서."

그렇게 생각하고 보니 의심하다 아이템들에 넘어간 유저들이 안타깝게 보였다. 지금 한시민의 생각대로라면 저렇게 산 아이템들은 되팔 때 제 가격을 받기 힘들다. 큰 손해를 보진 않겠지만, 저 가운데 시세 차익을 통한 이익을 보려 했던 유저들은 눈물을 흘리겠지.

하나 그건 스페셜리스트나 한시민이 신경 쓸 바가 아니다. 내 손을 떠난 물건은 내 것이 아니고 내 손에 들어온 돈은 곧 죽어도 내 것이다!

한동안 시끌벅적하던 판매가 뜸해지자 한시민이 다음 단계에 돌입했다.

"자자! 현금이 없어 아이템을 구매하지 못한 분들! 특별히 2시간만 이벤트 진행합니다. 그래도 드래곤이 있는 곳에 가는 건데 돈 없다고 매정하게 필요한 아이템을 드리지 못하면 괜히 제가 찜찜하고 불안하니까요. 그렇다고 공짜로 주기엔 제가 너무 손해 보는 장사고 서로 간에 불편한 분위기가 형성될 수 있으니 외상을 해드리도록 하겠습니다!"

웅성거리는 사람들.

"길드 명패를 확인시켜 주시고 담보를 잡아주시면 그걸로 값을 대신하겠습니다."

"……!"

외상! 무려 백 골드나 하는 아이템을!

유저들이 눈빛을 번쩍였다.

어쩌면 이거…….

"당연히 그에 준하는 담보여야 하고 지장을 찍는 순간 황제 폐하께서 공증인이 되기에 사기 칠 생각은 안 하셨으면 좋겠네요."

은 개뿔.

몇몇 한시민 같은 놈들이 실망했으나 대부분은 기뻐했다.

"하겠습니다!"

"여기. 담보는 길드 건물로 잡겠습니다."

"너무 급하게들 마시고. 시간은 충분하니까요! 그리고 혹여 가져갔던 물건을 분실했을 시에도 담보는 찾을 수 없으니 신중하게 지장 찍으세요!"

좋은 매물을 적당한 때에 구할 수 있다. 유저들마저도 눈이 돌아가 당장 대출이라도 쓰려 하는 게 현실이다. 한데 삶 그 자체인 NPC들이라고 다르랴. 100골드쯤은 많은 돈이지만 그렇다고 구하지 못할 사람들도 아니기에 아이템이 빠르게 팔려 나갔다.

직접적인 수익은 아니지만 차곡차곡 쌓이는 종이들에 뿌듯해하는 한시민.

스페셜리스트가 고개를 저었다.

'천재다.'

천재인 주제에 영악하기까지 하다. 자신이 가진 이점이 있다면 그게 발톱일지언정 써먹을 자가 운까지 좋았을 때의 예시를 몸소 보여주는 행보라니.

놀라워하는 스페셜리스트. 그리고 그들과 달리 인상을 찌푸린 채 한숨을 내쉬며 고개를 젓는 또 한 명의 관조자.

황제!

"……황궁 내에서 장사라니. 그것도 내 이름을 팔아."

그의 성질머리 같아선 당장 내려가 불경한 놈이라고 이유를 대지도 않은 채 죽여 마땅하다.

하나 인간은 적응의 동물이라고 했던가. 첫 만남 때부터 지금까지 한시민에게 적응이 되어버린 황제는 그저 고개를 저을 뿐이다.

"감사해요, 아바마마."

아마 가장 큰 이유는 역시 환한 미소를 되찾은 꽃 같은 공주겠지.

그냥 인격 수양을 하는 셈치고 참기로 했다.

'저러다 말겠지.'

그래도 갑작스레 변경된 골치 아픈 선발전 내용에 도움이 되긴 하니까.

하나 그건 황제만의 착각이었다.

"자! 다 사셨습니까? 많이 참여해 주신 덕분에 기분이 좋네요. 그런 의미에서 마지막으로 특별 이벤트! 이거 20개만 팔겠습니다!"

"……?"

"황제 폐하께서 들을지도 몰라 자세하게 말씀드릴 순 없지만, 길드 선발전과 폐하의 사위! 그리고 선발전 마지막에 제출하는 용도. 충분히 힌트가 되셨으리라 믿습니다. 길드 별로 하나씩 선착순 20개! 단돈 500골드!"

한시민은 그런 놈이었다. '적당히'라는 말을 모르는. 한도가 없으면 한도가 어디인지 확인할 때까지 벌기 위해 노력하는!

4

한시민의 뜻밖의 기행이 꼭 그만을 위한 쇼는 아니었다.

비록 대부분의 유저와 대륙인들이 갖고 있던 돈은 물론이요, 담보까지 잡아가며 재산을 탕진했지만 사기는 올랐다.

"어때요? 사위가 도움이 좀 되죠?"

"……."

해서 황제는 면전에 대고 뻔뻔한 얼굴로 칭찬을 요구하는 한시민에게 삿대질하며 욕을 할 수 없었다. 그는 결과론적인 사람이니까.

그렇게 살아왔고 이제 한시민을 만나 조금씩 가치관이 변하고 있지만 그건 다른 쪽의 가치관이고 언제나 그래 왔듯 살면서 익히고 느낀 진리를 바꿀 생각은 조금도 없었다.

황제와 한시민의 손가락에 꼽을 공통점!

어쨌든 결과는 좋다. 어떠한 강요도 없었고 약간의 사기는 더해졌지만 덕분에 드래곤이라는 단어에 위축됐던 길드들의 분위기는 살아났다.

그건 아주 사소하지만 엄청난 차이다. 목숨을 자신 있게 내던질 각오와 아닌 자의 격차는 전쟁의 승패에서 확연히 드러나니까.

여전히 드래곤 레이드라는 길드 선발전의 주제는 변치 않았지만 적어도 내가 열심히 하면 이길 수 있다는 희망 정도는 품게 되었다.

그게 새로 얻은 장비가 지닌 의미다. 유저에게든 NPC에게든.

"정말 대단하세요. 어떻게 그런 선택을……."

그런 그를 못마땅하게 바라보는 황제와 달리 공주는 칭찬을 늘어놓기 바빴다.

일단 아니꼽게 보이는 색안경과 콩깍지의 차이.

"어디서 구하셨는지 몰라도 엄청 좋아 보이던데. 그런 걸 그런 헐값에 뿌려도 괜찮으시나요?"

"에이, 걱정하지 마. 다 우리 제국을 위한 거고 대륙을 위한 거고 널 위한 건데. 손해 좀 보면 어때."

"어머."

그것조차 위험한데 거기에 던져지는 한시민의 작업 멘트는 공주의 사랑을 불태우는 휘발유나 다름이 없었다.

"크흠."

황제가 헛기침으로 눈치를 주었지만 씨알도 먹히지 않는 신호!

"너무 오랜만에 봤는데 여전히 예쁘네?"

"아이, 참."

"열심히 황제 폐하를 도와 정치는 물론 외교와 자금 관리도 한다고 들었는데 얼마나 벌었는지 봐도 돼?"

"그럼요."

"아니, 요즘 우리 영지가 얼마나 몬스터들의 침략을 받는지 등골이 휠 것 같다니까?"

"어머, 걱정 마세요. 제가 있잖아요."

원래 사랑은 몸이 멀어져야 더 커지는 법이라 했다. 반대의 경우도 있지만 이미 콩깍지가 씌어버린 공주에겐 다른 세상 이야기. 황제는 안중에도 두지 않고 둘이 손을 잡고 오손도손 이야기꽃을 피우며 정원을 거닐었다.

"……."

황제의 미간이 또 한 번 찌푸려졌다. 어째 한시민이 올 때마다, 아니, 한시민 생각만 할 때마다, 대륙을 통일할 때보다 더 큰 스트레스가 몰려오니 해결 방안을 찾든가 해야겠다는 생각이 매번 든다.

"아, 폐하. 저 나가는 김에 폐하 비밀 창고 좀 빌릴게요. 그래도 드래곤 레이드인데 괜히 귀중품 가지고 나가서 잃어버리면 손해잖아요."

"……."

꼭 찾아야겠다. 무슨 수를 써서든.

블랙 드래곤 카르디안은 심심할 때마다 본체로 몬스터들을 이끌고 인간들의 영토를 침범했다.

"크롸롸롸롸롹!"

이미 일전에 인간들을 위협하는 용도로 갖고 있던 모든 마나를 사용해 몸속에 가지고 있는 마나의 양은 얼마 없었음에도.

"크로로로로라라라라!"

너무 화가 나서 참을 수가 없었다.

제약으로 인해 당장 절벽 아래 몬스터들이 한꺼번에 덤비면 비늘에 상처가 날 정도로 약해져 있는 상황임에도. 레어 안에서 얌전히 눈을 감고 명상을 시작하기만 하면 떠올랐기 때문이다. 아니, 떠올릴 필요도 없었다. 눈을 뜨면 보였으니까.

어둡고 칙칙한 레어 내부를 자체적으로 환히 밝혀줄 정도로 휘황찬란한 황금과 온갖 희귀한 아티펙트가 지금은 숲을 돌아다니면 발에 치일 정도로 많은 쓰레기로 변해 하나의 동산을 이뤄 그를 농락하고 있을 뿐이다.

누군지 몰라도 일부러 그랬으리라. 그렇지 않고서야 원래 있던 높이보다 더 높고 크게 이렇듯 쌓을 수 있을 리는 없으니까.

그래서 더 분노하는 것이다.

감히! 인간 따위가! 위대한 드래곤의 레어를 겁도 없이 턴 것도 모자라 그 자리에 조롱의 흔적을 남겨두고 가다니!

"크롸로라라!"

당하고 멍청하게 가만히 잠이나 잔다? 그건 태어나면 자존심부터 10서클을 달성하는 드래곤의 체면에 먹칠하는 일!

인간 따위에게 몸에 치명상을 입고 죽을 확률보다 화병이나 죽을 확률이 높다 싶어 나왔다. 아주 만약의 사태에 대한 걱정은 있었지만 며칠 활동하며 그런 걱정은 말끔히 지운 상태고.

"크루라라라!"

역시! 인간들은 여전히 나약하구나.

차라리 수백 년 전, 마족들의 침공 때가 나을 뻔했다.

그래도 그땐 다섯 영웅을 필두로 인간들의 전성기가 아닐까 싶을 정도로 화려하고 결속력 있고 강력하게 싸웠었으니까.

그 부분은 천하의 드래곤도 인정하는 바이다. 그렇기에 패배했기도 하고.

졌지만 잘 싸웠다!

그때는 그 말을 사용할 수 있을 정도로 인간들이 저력을 보여주었다.

한데 지금은 아니다. 고작 나약해진 자신조차 막지 못해 그 본체가 상공에 보이기만 해도 꼬리를 말고 도망치는 꼴이라니!

마음껏 활개 쳐도 되겠구나!

그렇게 마음먹고 작은 영지 몇 개를 파괴하고 중간 크기의 도시까지 하나 말아먹은 카르디안의 앞에 처음으로 등을 보이지 않고 도망가지 않는 인간이 나타났다.

"크르르?"

정확히 말하면 인간들. 열 명도 되지 않는 소수지만 카르디안에겐 충분히 멈칫할 만한 변화.

뭐지? 이놈들은? 혹시 정예?

순간적으로 긴장이 온몸을 지배했다. 대부분의 인간은 등을 보이고 도망쳤지만 반대로 그렇지 않은 인간은 그러지 않아도 된다는 확신을 갖고 있다는 뜻이나 다름이 없다.

수백 년을 동면에 빠져 있었지만 지적 생명체인 드래곤에겐 그런 상식 정도는 탑재되어 있기에 빠르게 훑었다.

"크르르르."

하나 쉽게 단서를 찾긴 어려웠다. 패기는 예전 다섯 영웅에 비할 만큼 대단했지만 가진 무기나 방어구엔 별다른 마력의 흔적이 느껴지지 않고 가진바 힘 역시 그리 많아 보이지 않는다.

오히려 등을 보이고 도망친 웬만한 자들보다 별 볼 일 없어 보인달까?

순간 의문이 들었다. 하나 오래 가진 않았다.

“와! 드래곤이다!”

“리얼. 진짜 드래곤이 있었네?”

“대박. 영상 찍자.”

“지금 이거 잡으러 전 대륙 길드들이 여기 온다는데?”

“우리가 최초 아니냐?”

“에이, 최초 영상은 이미 유포됐잖아.”

“이렇게 가까이서 찍는 건 처음이잖아.”

“좀 더 가까이 가 볼까?”

“대박. 생방송 켜자.”

“님들! 보고 계십니까? 드래곤 생중계입니다! 추천 터치 따봉 한 번씩 눌러주시고 즐겨찾기 한 번씩만…….”

촐싹거리며 다가오는 인간 하나를 밟자 찍소리도 못한 채 죽었기 때문이다.

“으악!”

“공격한다!”

나머지 역시 마찬가지였다. 굳이 드래곤이 나설 필요도 없었다. 쫄아서 데리고 나온 수많은 몬스터의 레벨은 그가 아무것도 하지 않고 이들만 내세워도 웬만한 도시 하나는 박살 낼 수 있을 만큼 엄청났으니까.

긴장을 푼 드래곤이 또 한 번 포효했다.

괜히 쫄았잖아.

민망함에 포효를 내질렀다. 동시에 고개를 끄덕였다.

이 정도면 되겠구나.

각이 잡힌다. 마족들을 부르면 이번엔 별 위험 없이 대륙을 정복할 수 있겠다.

그렇게 믿었다. 냉철한 머리에서 종합한 단서들로 판단한 근거니까.

수백 년 전에 비해 지금의 인간들은 너무나 나약하다. 나약한 주제에 달려드는 용감한 인간들도 있지만 그런 이들은 변수가 아니라 불나방일 뿐!

변수는 오로지 다섯 영웅과 같은 이들. 그런 이들이 나타날 가능성도 없잖아 있지만 큰 걱정은 않았다. 마찬가지로 사기 문제니까.

단합!

과연 그게 될 것인가.

드래곤은 고개를 저었다. 그리고 날아올랐다.

상황을 파악했으니 내일부턴 본격적으로 인간들을 괴롭히리라. 동쪽 인간들을 서쪽으로 꾸준히 밀어 넣으며 영역을 넓히고 마족들의 기반을 다지리라!

그 과정에서 벌어질 전쟁은 블랙 드래곤에게 희열과 환희다. 달려들며 죽는 인간들의 공포와 두려움은 반대로 인간들에게 사기 저하와 의욕 저하를 불러일으키겠지.

그게 전쟁이다. 전쟁이고 블랙 드래곤의 무서움이다.

하나 그의 판단엔, 생각엔, 계산엔 생각지도 못한 변수가 하나 끼어 있었다.

유저!

그 변수를 블랙 드래곤은 며칠 뒤부터 뼈저리게 느껴야 했고 계산을 수정해야 했다.

강제로.

5

별다른 이유는 없었다. 그냥 한시민이 살포시 공개했을 뿐이다. 길드 선발전에서 우승한 길드가 갖는 혜택에 대해.

1. 제국 수도 한복판에 시가 500억 대의 건물 수여(내부 임대 가능).

2. 매달 길드 지원금 현금 5천만 원 지급.

3. 황제의 백.

…….

그저 몇 가지 나열했을 뿐임에도 베스트 게시글에 올라가고 유저들은 입을 다물지 못했다.

어쩌면 평생 알지 못했을 정보였을 수도 있다. 대륙 최고의 길드는커녕 길드 선발전에 나갈 전력이나 갖추려면 얼마나 걸릴지 감도 오지 않는 게 현실 아닌가.

그마저도 자신의 레벨을 올리면서 길드까지 신경 쓸 만큼 게임에 애정과 현금을 쏟아붓는 이들에 한해서다.

지금도 이런 게 공개된다고 갑자기 의욕만으로 유저들이 NPC들을 뒤집고 길드 선발전에서 승리할 수 있을 확률은 없는 거나 마찬가지.

한마디로 그림의 떡.

하나 그림의 떡임에도 대한민국, 아니, 지구에 사는 모든 게임을 플레이하는 유저들에겐 알면서도 이빨 한번 넣어보는 떡일 수밖에 없다.

'하다 보면 되겠지.'

'설마 게임인데 못 깨는 걸 깨라 하겠냐.'

어차피 최종 선발전 결과는 드래곤 레이드가 아니라 그가 데리고 다니는 몬스터들의 수를 얼마나 줄었느냐로 결정된다.

몬스터들의 레벨과 전투력에 따라 자동으로 집계되는 순위라는 뜻.

당연히 유저들이 100위 안에 이름이라도 올리려면 남들과 다른 방법을 택해야 한다.

그게 최종 보스다.

계획엔 없었던 드래곤을 잡으면 단숨에 1등이 된다.

어느 정도 생각을 할 줄 알고 길드 선발전에서 무리하지 않고 실리만 챙기려는 최고위 길드들은 몸을 사렸지만 어떻게든 인생 역전 한번 노려보겠다는 유저들은 죽자사자 달려들었다. 죽는 것 따위 두려워하지 않고.

거기에 게임보단 게임 내부의 것들로 먹고사는 이들도 합세했고.

"미션 수행하러 왔습니다. 드래곤 꼬리에 치여서 죽기, 맞죠? 하아, 긴장되는 순간인데요. 지금 드래곤 위치 제보 들어왔으니 이동하도록 하겠습니다."

밤낮 가리지 않고 달려든다.

"크롸롸롸롸!"

분노에 가득 찬 외침에도 유저들은 달려든다.

"와! 드래곤 피어다!"

"뭐야, 능력치 감소는 별로 없네?"

"다 소설이었나?"

"와아아! 죽을 때 비늘 하나만 뜯고 죽자!"

달려들고 또 달려든다. 무한히 부활하는 모험가들의 사기에 영향을 받은 NPC들도 겁먹지 않고 침착하게 대응한다. 그리고 그 선두엔 한시민이 있었다.

"와아아아아!"

그곳에서 드래곤과 적당한 거리를 둔 채 돌아다니며 꾸준히 무언가를 줍고 종이를 꺼내 확인하고 만족스러운 미소를 지었다.

그렇게 소설과는 다른 드래곤 레이드가 1주일이 넘게 계속됐다.

6

사채업은 나쁜 것이다. 하지만 오늘만큼은 왜 주먹 좀 쓰시고 돈 좀 있으신 분들이 사채업을 하려는지 알 것 같았다.

"생각보다 많이 회수했네."

받아낼 자신만 있다면 이보다 좋은 직업이 있을까. 가만히 앉아 돈이 불어나는 모습을 실시간으로 지켜볼 수 있는데.

특히 한시민이 빌려준 건 돈이 아니다.

아이템!

회수만 할 수 있다면 원금의 손해를 조금도 보지 않고 담보까지 얻을 수 있다.

"이건 카르 길드, 이건 케인츠 길드."

빌려간 아이템과 담보에 적힌 길드 이름을 비교하며 머릿속에 입력한다.

그는 공부에 취미가 없어 하지 않은 거지 머리가 나빠 못한 게 아니다!

자기만의 주장일 뿐이지만 어쨌든 순조로웠다. 떼거리로 덤벼들어 나가떨어지는 전쟁터에서 줍는 수많은 아이템은 굳이 그가 빌려줬던 아이템의 회수가 아니라도 공짜임엔 변함이 없었으니까.

"진짜 건물 하나 사야겠는데?"

농담으로 던졌던 말이 현실로 다가왔다.

돈을 쌓아두고도 쉽사리 쓰지 못했던 이유는 단 하나. 혹시 썼다가 돈 들어올 구멍이 사라지면 어쩌나 하는 최후의, 일말의 불안함 때문.

하나 이렇게 돈을 번다면 써도 될 것만 같았다.

자신감을 얻었다. 큰돈을 쓸. 아까워하지 않을.

이번 길드 선발전만 끝나면 정말 알아보기로 다짐하며 부지런히 움직였다.

길어지는 선발전은 한시민에겐 기회다.

"가자, 황궁으로."

"빼애액!"

거의 3일에 3시간꼴로 수면을 취하는 한시민이 퀭한 눈빛으로 빼액이를 타고 날아올랐다.

드래곤 레이드는 당연한 말이지만 길어졌다. 애초에 길드 선발전 자체도 세 달이라는 기간을 잡고 진행되는 행사이기도 하고, 다들 사기가 너무 높아져서 그렇지 상대는 대륙의 수호자이자 한때 대륙을 재앙으로 몰고 가기도 했던 최종 보스급 블랙 드래곤!

도전한다는 자체가 모험이자 자살행위다.

그럼에도 도전했고 계속 도전 중이다.

포기?

—와, 나 드래곤 꼬리에 맞아 죽음.

—난 브레스에 죽었지롱.

—쯧쯧, 난 발톱에 붙어 있던 드래곤 각질 하나 떼고 죽었다.

—헐, 대박.

—와, 그거 얼마예요?

—말 안 하려 했는데. 하. 무슨 마법사인가? NPC한테 200골드 받고 팔았음.

—켁, 200골드?

–2천만 원?

그런 게 유저들에게 있을 리가.

특히 길드 선발전이라는, 무언가가 걸려 있어 눈치를 봐야 하는 유저나 NPC와 달리 소식을 듣고 그냥 달려오는 수많은 유저는 죽음보다 더한 가치를 드래곤과의 조우에 두고 있었다.

길드 선발전에 참여한 길드들이 서서히 몸을 사리기 시작했음에도 이런 소식들이 알려지면서 사람들은 오히려 많아졌고 사상자도 늘었다.

하나 실질적인 피해는 없었다.

–어차피 죽는 거 템 다 빼고 간다.

–드래곤 광부 원정대 모집합니다. 각질이나 비늘은 개인 획득이며 원정대 모집 이유는 드래곤의 눈을 교란시키고 사방에서 한 번에 달려들어 가능성을 조금이라도 높이기 위함입니다. 관심 있으신 분 연락 주세요. 참고로 드래곤 발톱 각질이 200골드, 어쩌다 떨어진 비늘의 파편은 1,500골드에 거래됐습니다.

이러는데 피해가 있을 리가 있나.

아직도 판타스틱 월드에서 죽음은 익숙하진 않지만 부담되진 않은 단어고 그걸 감수하고서 얻어낼 보상은 상상 이상이었으니까.

품 안에 35만 골드 이상을 들고 있는 한시민마저도 1골드라도 더 벌자 뛰어다니는 게임이다.

—생각보다 드래곤이 광역기 안 쓰는 거 같음.

—가능성 있는데?

—어차피 운빨 X망겜이니까 운만 좋으면 붙을 수도.

이유를 알 수 없는 드래곤의 등장과 함께 예상에 없었던 길드 선발전의 종목 변경.

그리고 누구도 예측하지 못했던 유저들의 개입과 함께 이게 길드 선발전인지 유저 선발전인지 헷갈릴 정도로 주객전도 된 상황.

현명한 길드들은 분위기를 파악하고 재정비 후 추락의 산맥으로 진입했다.

당장 드래곤을 잡는다는 건 너무 큰 꿈이다. 저렇게 모험가들이 시선이라도 잡아줄 때 점수를 올리자. 결국 길드 선발전을 위한 레이드일 뿐이니까. 굳이 드래곤을 잡아 점수를 올릴 필요는 없지 않은가?

켄지 길드도 마찬가지고 대부분의 유저가 만든 길드도 그걸 따랐다.

그렇게 드래곤은 인간들의 왕국에 나올 때마다 알짜배기가 아닌 귀찮은 파리 떼를 상대해야 했다.

하루, 이틀…… 2주일이 지났을 때, 드래곤은 더 이상 산맥 밖으로 나오지 않았다.

7

개미가 떼를 지어 몰려다니는 걸 보았는가. 수천, 수만 마리가 지나다녀도 인간이 보기엔 가소로울 뿐이다. 밟으면 무더기로 죽을 운명이니까. 혹여 나에게 갑작스레 덤벼든다 해도 내 생명엔 위협이 되지 않을 테니까.

하지만 실제로 덤벼들면 말은 달라진다. 그것도 죽음을 두려워하지 않고 달려든다면.

사방에서 수만 마리의 개미가 밟고 또 밟아도 죽지 않는 것처럼 달라붙고 물어뜯는다. 비록 아주 자잘한 생채기조차 나지 않을 두꺼운 피부가 있음에도 신경질이 날 수밖에.

항상 별 위협을 느끼지 못하고 여기던 존재들이 아닌가. 자존심이 상한다. 그러나 친구들을 부르기엔 더 자존심이 상한다. 나 혼자 개미들조차 처리하지 못해 친구들을 부르면 그것만큼 치욕스러운 게 또 있을까. 차라리 개미한테 물려 죽고 말지.

그런 마인드로 몇 주가 지났고 그는 지쳤다. 그러다 보니 자연스럽게 대치 상황이 이루어졌다.

카르디안은 인간들이 귀찮고 꼴 보기 싫어 산맥 밖으로 나오지 않았고 유저들은 어떻게든 드래곤의 비늘 하나 가져보겠다고 산맥 안으로 들어갔지만 드래곤은커녕 몬스터 한 마리조차 처리하지 못해 죽어 나갔고.

유저들의 목적은 길드들과 달리 드래곤 하나니 그 뒤론 산맥으로 무식하게 뛰어들지 못했다.

"크르르르."

무승부.

카르디안은 이런 상황 자체가 마음에 들지 않았다. 설마 위대한 드래곤인 자신이 고작 인간들 때문에 집 안에 틀어박혀 부들부들해야 하다니. 다른 드래곤들이 알았다면 이보다 더한 치욕을 맛봤을 것이다.

아니, 어쩌면 이미 들었을지도 모르지.

그런 생각을 하니 더 짜증이 솟구쳤다.

자신은 다른 드래곤들과 다르다!

그런 생각에서부터 출발한 변절이다.

"크롸라롸롸라!"

분노가 가득 찬 울음소리가 산맥 속에 울려 퍼졌다. 인간 세상에선 그저 유저들의 신기함만 불러일으켰던 포효에 몬스터들이 몸을 떤다.

그래, 이게 정상이지. 자신감을 조금이나마 되찾은 드래곤이 산맥 내부를 휩쓸기 시작했다. 그리고 산맥 내부에 느껴지는 인간의 기척들을 모조리 지웠다.

건방진 개미들. 이렇게나마 분노를 풀고 힘이 다시 쌓이길 기다려야지.

그렇게 생각하며 돌아다니던 드래곤이 문득 이상한 점을 발견했다.

"……크롸?"

죽인 인간이 떨어뜨린 무기 하나. 어딘가 낯이 익다.

"크롸롸?"

에이, 그럴 리가. 발길질 한 방에 죽어버리는 나약한 인간 따위가 들고 있는 무기가 어찌 내가 알던 그 무기와 비슷하단 말인가.

그래도 혹시 모르니 다가갔다. 커다란 덩치와는 어울리지 않게 작은 무기지만 확인하는 데 어려움이 없었다. 마나로 무기를 들었고 천 리 밖도 보는 시력은 미세한 부분까지 확인하는 데 도움을 주었으니까.

"……!"

그리고 확인한 카르디안의 눈동자가 떨렸다.

분명하다. 확신한다.

"크롸롸롸롸롸롸롸롸!"

이건 내 레어에 있던 무기다!

눈동자에 살기가 스쳤다.

역시, 인간이었구나.

의심이 확신이 되는 순간, 길드 선발전의 난이도는 한 단계 올라갔다.

황궁으로 돌아온 한시민은 곧장 황제의 비밀 창고로 향했다.

"열어주세요."

자기 창고를 대하듯 아주 자연스러운 요구!

어이가 없어 헛웃음조차 나오지 않는 황제를 두고 들어가 한구석에 쌓아둔 마법 주머니를 그대로 바닥에 쏟는다. 와르르 쏟아지는 온갖 물건. 황제조차 놀랄 만큼 화려하고 번쩍인다.

으쓱이는 어깨를 감추지 않고 물건들을 정리한다.

"이건 A급, B급, F급."

미처 시간이 없어 못 했던 정밀 분류!

현재 드래곤 레이드라는, 길드 선발전이라는 아주 중요한 이벤트가 진행되고 있음에도 시간을 할애할 만큼 중요한 작업이다.

"어차피 길드 선발전은 유저가 따기 힘들겠지."

해보지도 않고 포기하는 대담함!

황제가 또 한 번 할 말을 잃었다. 그래도 혹시 이놈이라면 모험가 주제에 놀랄 만한 성적을 보여주지 않을까 혹시 모르는 기대도 했는데. 이토록 냉철한 현실 판단이라니. 나쁜 건 아니지만 김이 샌다고 해야 할까.

"이건 B급."

"그건 내 것이다."

"췟."

이 와중에도 수작질하는 저놈의 인성이란…….

하나 다시 돌아가 길드 선발전에 참여하라 강요는 하지 않았다. 통제가 되는 인간도 아니고 그 역시 드래곤을 잡는다는 생각은 전혀 하지 않았으니까.

그저 위협용이다. 드래곤에게 위협이 될지는 모르겠지만.

인간은 쉽게 물러서지 않는다. 네가 아무리 밟고 또 밟는다 해도 죽음을 두려워 않고 저항할 것이다.

그렇게 저항하다 보면 혹시 드래곤이 염증을 느끼고 도망이라도 가지 않을까 하는 일말의 희망. 그게 현실로 상상 이상으로 잘 실천되고 있다는 게 놀라울 뿐.

"드래곤은 근 1주일이 넘게 나타나지 않고 있다. 가서 길드 선발전을 돕는 게 좋지 않겠나?"

그저 설득은 해볼 뿐이다. 그래도 명색이 황제의 사위인데, 100위 안에 이름이라도 올려줘야 공주도 기뻐할 테니까.

"에이, 제가 간다고 뭐 달라지나요."

씨알도 먹히지 않는 게 문제지만.

"전 그냥 이런 특수 이용해서 돈이나 벌렵니다. 길드 선발전 그런 허울뿐인 이벤트 참여해서 1등 하면 뭐해요. 어차피 제국에서 주는 혜택들 다 받아도 결국 제국에 발 묶이는 것밖에 더 돼요? 전 자유로운 삶이 좋습니다."

거기에 더해지는 자기 합리화와 소름 돋을 정도의 먹을 수 없는 감에 독 뿌리기!

"그리고 가서 죽으면 저만 손해잖아요. 그냥 여기서 전쟁 물자 지원이나 하면서 도움 주렵니다. 이런 건 인정해 주지도 않으시겠지만."

"……."

바가지 씌워 파는 게 지원이냐.

할 말을 또 한 번 잃은 황제에게 시선도 주지 않으며 한시민이 계속해서 분류를 이어갔다.

그리고 그 작업이 끝이 났을 때, 마법 주머니 두 개를 든 한시민이 결연한 눈빛으로 걸음을 뗐다.

"반년 안에 다 판다."

그가 경매장으로 향했다.

블랙 드래곤 카르디안도 확신을 굳혔다.

이건 분명 내 레어에 있던 무기다. 저건 내 레어에 있던 방어구. 저것도, 저것도!

산맥에 들어온 대부분 인간이 들고 있는 것들은 그의 레어에 쌓여 있던 물건.

인간이 레어를 턴 것도 모자라 인간들에게 풀었다.

참을 수 없다. 분노를 참지 못하고 나갔다가 개미들에게 물려 꼬리를 말고 산맥에 들어왔지만, 이걸 본 이상 어찌 귀찮고 따가움을 두려워하겠는가.

복수할 것이다. 응징할 것이다. 감히 드래곤이라는 이름 석 자를 얕볼 수 없게.

"크롸롸."

마나를 점검했다.

지금이라도 당장 출격…….

"……."

하기엔 마나가 부족하네. 몸이 멀쩡하기만 했어도…….

하지만 멈칫했을 뿐 포기하진 않았다.

우웅—

조금이나마 찬 마나가 빛을 발했다. 거대했던 블랙 드래곤의 몸이 줄어들었다.

줄어들고 줄어들어 이내 인간의 크기만큼 줄어들었을 때 빛은 사라졌다.

폴리모프!

"아. 아."

손, 발, 성대.

자신의 상태를 확인한 카르디안이 만족스러운 미소와 함께 마법사 하나가 죽으며 떨어뜨린 로브를 아무것도 걸치지 않은 몸에 뒤집어썼다.

인간 세상에 나가는 데 필요한 예의와 상식, 전통과 문화는 수백 년 전 기준으로 머릿속에 박혀 있다.

비록 본체로 휩쓸며 진상을 파악하긴 힘들지만 이렇게 하면 충분히 가능하리라.

머릿속 지식들이 어디로 가야 할지에 대한 정보를 훑었다.

팟—

그리고 몸을 점멸시켰다.

팟—

남은 마나를 쥐어짜 텔레포트한 카르디안이 처음 본 풍경은 수백 년 전과는 다른 모습의 인간 세상이었다.

많이 발전했구나.

그러면서 동시에 긴장했다.

이곳은 적진의 한가운데.

본체였다면 모를까 폴리모프를 한 상태에서, 마나까지 고갈 난 상황이다. 본체로 돌아갈 마나조차 없기에 신중하고 또 신중해야 한다.

모습도 완벽히 인간이고 로브까지 쓴 마당에 멍청하게 내가 드래곤이라 떠벌리고 다니지 않는 이상 들킬 일은 없겠지만 눈치를 살피게 되는 건 어쩔 수 없다. 원래 가진 이들일수록 조심하게 되니까.

괜히 멀쩡한 본체를 두고 인간의 모습으로 돌아다니다 죽기라도 하면 얼마나 억울한가.

잠시 성질을 죽이기로 하며 기억을 더듬었다.

카르디안이 이곳에 온 이유는 하나.

'인간들은 귀중한 물건을 판매할 때 경매장을 이용한댔지.'

카르디안의 레어에 있던 물건들은 하나같이 인간들은 쉽사리 만지지 못했던 귀중하고 뛰어난 것들이다.

그런 것들이라면 당연히 넓고 큰 경매장에서 거래가 이루어질 테고 카르디안의 머릿속 대륙에서 가장 큰 경매장은 제국 수도의 경매장.

그렇기에 이리로 왔다. 아닐 수도 있지만 무작정 왔다. 그만큼 찾고 싶었다. 어떤 놈이 감히 레어를 털었는지. 비록 지금의 몸으로 인간 전체를 멸종시킬 순 없지만 적어도 한 놈만큼은 조져야겠다.

마음가짐과 함께 물어물어 경매장에 도착했다. 과연 대륙 최고의 경매장답게 출입도 통제하고 입장하는 데도 돈을 내야 했지만, 그 정도 내지 못할 만큼 드래곤은 거지가 아니었다.

"35번 자리에 앉으시면 됩니다."

비록 레어가 털렸지만 그 자리엔 잔재가 남아 있지 않았던가. 한시민이 버리고 간 쓰레기들. 그걸 팔아 VIP 경매장에 들어갔다.

경매는 이제 막 시작 중이었다. 카르디안이 자리에 앉아 다리를 꼰 채 지켜보았다.

그래, 어디 얼마나 대단한 것들을 거래하는지 보자.

뭐, 별거 있겠나 싶었다.

그래도 명색이 드래곤으로 살며 드워프나 엘프를 조져 보물들을 빼앗아 수집해 왔다. 인간들이 여기는 보물 정도야.

"자! 오늘은 짧게 예고해 드렸던 대로 엄청난 물건들이 준비되어 있습니다. 제 개인적인 견해론 경매 진행해 온 역사상 가장 진귀하고 가치 있는 물건들이 나오지 않나 싶은데요."

번지르르한 진행자의 말은 예나 지금이나 여전하군.

기대가 넘치는 경매장 내부와 진행되는 경매. 그리고 올라오는 첫 번째 물건.

"……!"

그걸 본 순간 설명을 듣지도 않은 카르디안이 자세를 고쳐 앉아 뚫어져라 물건을 보았다.

"저건!"

어떻게 저런 걸 인간들이?

황제의 별명은 철혈제이다. 대륙을 지배하며 몇 년에 거친 전쟁에도 지친 기색을 보이지 않기 때문.

그게 겉보기에든 뭐든 강한 체력은 그만의 자랑!

하나 그런 그가 진이 빠진 표정으로 창고 내부를 훑었다.

"징그러운 놈."

장장 한나절을 제자리에 앉아 아이템만 분류했다. 아무것도 하지 않고. 먹지도 마시지도 싸지도 않고 그 자리에 앉아만 있었다. 그게 얼마나 고된 일인지는 직접 경험해 본 사람만이 알 수 있는 고통.

덕분에 황제도 함께 체험했다. 그냥 두고 나오기에는 한시민의 인성을 너무나도 잘 안다. 당장 황제가 있음에도 슬쩍 실수인 척 창고 내부의 물건을 가져가려 한 걸 본 게 두 자릿수가 넘는다. 그렇다고 그의 개인 보물 창고에 다른 자를 들일 수도 없다.

오로지 황제만이 출입 가능한 공간. 어쩌다 이런 놈팡이가 출입하게 됐는지 몰라도 그가 감시해야 한다. 어찌 보면 사서 고생이었다. 그래도 고생 끝에 훔쳐 간 것들은 없어 보여 마음이 놓였다. 혹시 몰라 마지막으로 한 번 확인이나 하고 가서 쉴 생각이었다.

"……?"

어라?

지친 몸과 반대로 뿌듯해하던 마음이 흔들렸다.

뭔가가 비는데?

인상을 찌푸리며 창고 내부 물건 목록 명단을 가져와 비교한다.

하나, 하나.

불과 몇 분 전까지만 해도 한시민을 욕했지만 지금은 그가 한시민의 마음으로 시간 가는 줄 모르고 창고 내부의 물건들을 일일이 확인했다.

그리고 찾았다. 사라진 몇 개의 물건을.

"허허."

분노보단 허탈한 웃음이 절로 나왔다.

도대체 언제?

서둘러 황실 기사단을 불렀다. 그리고 한시민을 찾으라고 명했다. 물론 경매장에서 물건들이 가장 먼저 올라와 낙찰된 뒤의 이야기였다.

9

카르디안의 머릿속에 인간들에 대한 평가가 조금 바뀌었다.

'요즘 인간들은 저런 물건들을…….'

오해 아닌 오해였지만 어쨌든 인간들에겐 긍정적인 변화.

충격을 받고 있는 카르디안의 앞에 이제 낯익은 물건들이 나오기 시작했다.

"역시."

레어에 있던 물건들.

한 번에 찾았구나.

인상이 절로 찌푸려졌다.

이제 어떤 놈인지 출처만 찾으면 된다.

당장에라도 자리에서 일어나 깽판을…….

"……."

치려다 어째서 자신이 드래곤이 아닌 인간의 모습으로 폴리모프했는지 상기해 냈다.

육체적 능력은 웬만한 인간보다야 낫겠지만 인간들의 핵심 전력이 모여 있는 제국 수도 중심에서 깽판을 벌일 만큼은 아니다.

해서 머릴 썼다.

드래곤은 마법의 종족! 머리 또한 좋다.

답은 쉽게 나왔다.

'낙찰받고 거래자와 만난다.'

중간에 경매장이 끼어 있겠지만 그걸 생략하는 방법이야 여기서 당장 깽판 치는 것보다 많고 쉽다.

방법을 정했으니 때를 기다렸다.

가장 마지막에 나올 물건, 가장 가치 있는 물건을 낙찰받으면 되겠지.

그러면서 떠올렸다.

레어에 있던 것 중 가장 가치 있는 게 뭐였더라?

족히 잡아도 수백 가지의 아이템이다. 그런 것들의 가치를 어찌 비교할 수 있겠느냐만 가장 바닥에 깔려 있었을, 귀중한 상자에 보관되었을 물건을 떠올리자 이번엔 진짜 자리를 박차고 일어날 수밖에 없었다.

'드래곤 하트!'

마력의 보고! 카르디안의 어머니가 물려주신 유품! 그러고 보니 영면에 든 이유도 그거였잖아!

제약된 마나를 보충하기 위해. 제약을 풀 순 없겠지만 예전 힘의 80%까진 복구할 수 있다. 그거면 충분하다.

한데 사라졌다.

'설마 안 나오진 않겠지?'

손발이 떨리면서도 초조했다. 다행히 누구도 풀 수 없는, 10서클에 도달한 자만이 마나를 통해 강제로 풀 가능성이 있는 강력한 마법 자물쇠를 채워놓았지만 그래도 불안했다. 원래 무엇이든 제 손에 없으면 불안한 법이다.

그러면서 기도했다.

제발 나와라. 상자째라도 나와라.

소원은 이루어졌다.

"마지막 물품입니다. 드래곤 하트!"

다만, 그토록 원하던 상자는 주인이 아닌 다른 사람에게 이미 마음을 연 듯 봉인을 풀고 활짝 입을 벌리고 있었다.

입속엔 찬란히 빛나는, 칠흑처럼 어두운 심장이 있었다.

드래곤 하트는 한시민이 분류한 등급에서 SS등급을 받은 아이템이다.

그런 걸 F급 아이템을 풀 때 푼 이유는 단 하나.

'홍보 좀 해야지.'

빠르게 치고 빠질 때 중요한 게 사람들의 호응이다.

많은 양을 싸게 판다 해도 살 사람이 있어야 팔 수 있는 거지.

거기다 품질이 그만큼 좋다는 인식을 심어줄 수도 있다. 돼지고기들 사이에 1++ 한우가 껴 있으면 왠지 모르게 맛이 더 해지는 기분이랄까.

그래서 풀었다. 드래곤 하트는 언제 풀어도 가치가 변함없기도 하고.

"100골드!"

"200골드!"

예상대로 값은 하늘을 뚫고 올라갔다. 뿌듯함에 어깨가 으쓱였다.

설마 레어에 그런 게 있을 줄이야.

그냥 칙칙하고 낡은 상자기에 버릴 뻔했던 자신을 다시 한 번 채찍질한다. 태어나서 처음으로 무언가를 버린 경험에 익숙해질 뻔했다.

다른 번쩍이는 아이템이 많은데 그런 낡은 상자에 만능열쇠를 사용하고 싶은 마음도 없었고.

하나 본능 속에 남아 있던 초심이 그를 질타했고 어차피 웬만한 상자엔 횟수도 소모되지 않기에 만능열쇠를 사용해 보았고 대박을 마주했다.

'횟수가 1 까였지만 뭐.'

드래곤 하트. 그거면 공짜로 얻은 열쇠의 횟수 1 까이는 것 정도야.

"1만 골드!"

만 골드를 넘어선 하트. 그러면서 경매장에 추가적으로 몇몇이 들어왔다. 빠르게 정보를 입수하고 달려온 마법사들!

"2만 골드!"

"3만 골드!"

거의 미친놈처럼 돈을 써댄다. 아니, 미친놈 맞나.

마법사들은 그런 존재다. 서클을 올리기 위해선 정말 흑마법사로 전향해 수천 아이의 피를 흘리고도 남을 자들.

그만큼 마법에 미친 자는 많다. 그런 이들에게 드래곤 하트는 그것 이상의 의미를 담고 있고.

"15만 골드."

"헉!"

그건 9서클 대마도사, 마탑주에게도 마찬가지였다. 그의 참여와 함께 경매장은 난장판이 되었다. 처음 가격을 올리던 귀족들이 혀를 차며 포기했다. 그들은 돈이 많지만 마법사들에 비할 바는 아니다.

게다가 그만한 돈이 있다 한들 마법사들이 노리는 걸 노릴 만큼 드래곤 하트에 가치를 두지 않는다. 기껏해야 관상용 혹은 자신이 마음에 드는 마법사를 포섭하기 위한 수단인데 그러기엔 가격이 너무 올라갔다.

“20만!”

“30만!”

이쯤 되니 대륙에 존재하는 마탑주들 간의 경쟁으로 돌입했다. 9서클 마법사와 8서클 마법사들. 선후배나 다름없지만 그런 것 따위 따지지 않는 무한 배팅.

보유 골드 따위도 신경 쓰지 않는다. 기세로는 마탑을 팔아서라도 경매에 참여할 것 같다.

한시민이 만족스럽게 희열을 느끼고 있는 그때.

“200만 골드.”

“……!”

카르디안이 나섰다. 그리고 낙찰되었다.

다른 아이템들도 값이 꽤 나왔다. 하지만 드래곤 하트에 비할 수는 없기에 대충 골드를 쑤셔 넣은 한시민이 곧장 낙찰자를 만나러 향했다.

원래 경매장에서 대신해 받아주지만, 어찌 그런 큰돈을 남의 손을 거쳐 받는단 말인가.

자기 말고는 그 누구도 믿지 않는 한시민의 영업 마인드!

"누구죠?"

"저분이십니다."

드래곤 하트를 들고 로브를 뒤집어쓴 자에게 향했다.

"안녕하세요. 정말 좋은 물건의 가치를 아시는 분인 것 같아 너무 마음이 편하네요."

"……."

"값은 어떻게 치르실 건가요? 현금이면 가장 좋고 전표도 괜찮고 토지나 건물도 환영입니다. 물론 가격 확인이 이루어진 다음의 이야기겠지만요."

"값은 치렀다."

"네? 언제요?"

미간을 찌푸리며 기억을 더듬는 한시민을 보며 카르디안이 로브를 걷었다. 빨려 들어갈 것만 같은 칠흑의 머리카락이 흩

러내렸고 칠흑과 대비되는 순백의 피부가 돋보이는 잡티 하나 없는 미모가 온 천하에 드러났다.

"헉, 미녀시네."

이제 웬만한 미녀를 봐도 놀라지 않을 만큼 익숙해진 한시민마저 숨을 들이켤 정도.

그를 보며 카르디안이 그대로 손을 내뻗었다. 팔목을 잡음과 동시에.

팟-

마지막 남은, 정말 뼛속까지 긁어모은 마나를 사용해 텔레포트를 시전했다.

10

시야가 점멸하고 배경이 경매장에서 숲으로 변했다.

"……?"

이 무슨 무례한 짓이냐며 소리치기보다 빠르게 상황을 판단하는 머리. 자기 목숨 하나는 기가 막히게 아끼는 한시민이기에 가능한 일.

정체불명의 미인, 손목 접촉, 그리고 텔레포트.

이것들이 의미하는 바는 뭘까.

단서가 부족하다. 당장의 상황만으론 부족하지만 다행히

한시민의 머리는 자신의 이익과 관련되어 있을 때 핑핑 잘 돌아간다.

하나의 에피소드.

그가 지금 왜 길드 선발전이 진행되는 와중 경매장에서 물건이나 팔고 있는가. 그 물건들은 어디서 났는가. 장물의 주인은 누구인가. 또 장물의 주인은 얼마나 강한가.

거기까지 도달했을 때 하나의 결론이 도출됐다.

'드래곤?'

가장 신빙성 높은 추측이다. 그가 아는 텔레포트는 최소 7서클 마법이다. 유저 중에 현 상황에서 그런 걸 사용할 수 있는 자는 없을 테고 그렇다면 NPC인데 NPC가 갑자기 왜 이런 음침한 숲으로 데려온단 말인가.

무엇보다 NPC보다 드래곤일 확률이 훨씬 높은 이유는 따로 있었다.

'너무 예쁘잖아.'

인간이 아닌 것 같다. 그만큼 결점이 없다. 그냥 데려다가 연예인 시키면 강화 능력이고 뭐고 다 필요 없이 억만장자가 될 것만 같달까?

아무 말도 않고 춤도 추지 않고 노래 부르지 않아도 된다. 그 정도다. 보는 이로 하여금 빨려 들어가게 하는 매력. 단순히 외모만으로 가능한 문제는 아닐 터.

“누구세요?”

해서 조심스레 물었다. 원래 분노 조절은 강자와 약자 앞에서 장애와 잘해로 변하는 간사한 병.

상대가 누군지 파악하고 화를 내도 늦지 않다. 그의 질문에 카르디안이 요염하게 웃었다. 웃는 것마저 매력이 넘쳤다.

“맞는 모양이네?”

“뭐가요?”

“내 레어를 턴 인간.”

“…….”

과연 드래곤인가.

말장난으로 어떻게든 모른 척하려는 한시민의 천적이라도 되는 듯 직설적으로 날리는 말에 할 말이 없어졌다.

뭐라 변명하겠나. 다 알고 왔고 현장에서 동족의 심장을 파는 것까지 걸렸는데.

대처 방안은 두 개다.

수긍하거나.

“전 무슨 말씀을 하시는지 잘…….”

발뺌하거나.

당연히 한시민은 후자를 택했다. 그의 인생에 ‘잘못을 인정한다’란 말은 없다.

인정은 곧 환불이고 환불은 곧 손해니까.

내 통장에 들어온 돈은 무슨 일이 있어도 내 것이다!

천연덕스럽게 15강 철판을 깔며 자연스럽게 등을 돌린다.

떼는 발걸음. 마치 원래부터 가던 길을 가다 우연히 만난 사람의 질문에 답한 것처럼 스무스하게 갈 길을 간다.

"죽고 싶나, 인간?"

"……."

카르디안이 쉽게 놔주진 않았지만.

한숨을 내쉬며 등을 돌렸다.

이 방법마저 안 통하다니.

실질적으로 카르디안은 아무것도 한 게 없지만 드래곤이라는 존재는 한시민을 이렇게 곤란하게 만들고 있었다.

그걸 인지하고 한시민이 고개를 저었다.

정신 차리자. 시민아. 드래곤이고 뭐고 정신만 차리면 돼. 내 인생이 언제 편했던 적이 있냐. 물건만 뺏기지 말자.

목숨 따위야 100번이라도 더 던질 수 있다. 그렇게 생각한 한시민이 마지막 카드를 꺼내 들었다.

하…… 이거만큼은 안 쓰려고 했는데.

"그래서 뭐!"

"……뭐?"

"뭐 어쩌라고. 그래! 내가 털었다! 왜! 뭐! 왜!"

"……."

"아니, 그게 내 잘못이야? 어? 대문 활짝 열어놓고 그 안에 훔쳐 가라고 금은보화 쌓아놓고 외출한 집주인 잘못이지. 엉? 말을 해봐! 드래곤이면 말이야 그깟 돈 몇 푼 다시 모으면 그만이잖아! 쪼잔하게 사내새끼……는 아니구나. 어쨌든 드래곤이 돼서 인간 하나 조져 보겠다고 이렇게 찾아오고 쪽팔리지도 않냐!"

적반하장!

카르디안의 몸이 부들부들 떨렸다.

분노! 그리고 황당함.

한시민의 마지막 계략은 잘 통한 듯했다.

"감히…… 인간 주제에."

"왜? 치게? 쳐! 쳐 봐! 역시 미개한 용가리는 내세울 게 힘밖에 없지?"

어차피 죽는 거 신경이나 팍팍 긁고 죽자. 그래야 죽으면서도 억울하지나 않지.

죽음을 대비하는 한시민의 올바른 자세에 입술을 앙다문 카르디안이 주먹을 쥐었다. 그리고 마나를 끌어올렸다.

"……."

아주 미세한 양이 그녀의 부름에 응답했지만 내색하지는 않았다.

많이도 필요 없다. 어차피 한낱 인간일 뿐이다. 다섯 영웅

중 한 명도 아닐 텐데 굳이 많은 마나를 담을 필요도 없겠지.

본체였다면 더 좋았겠지만 폴리모프한 상태의 그녀도 충분히 신체적 능력은 빵빵하다. 이깟 인간 하나쯤이야. 빠르게 처리하고 다른 인간들이 몰려오기 전에 물러간다.

생각과 함께 주먹이 날아갔다. 드래곤은 인간과 달리 망설임 따위 없었다.

생각하면 행동한다.

한시민도 그녀의 행동력에 놀랐다.

설마 진짜 주먹을 날릴 줄이야! 역시 야만적인 용가리구나!

혀를 차면서도 침착하게 가드를 올렸다. 빠르긴 하지만 생각보다 빠르진 않다. 막을 수는 있을 것 같다. 드래곤인데.

'워낙 레벨이 높은 몬스터들이랑 놀아서 그런가?'

이긴 경험은 많지 않지만 추락의 산맥에서 만났던 몬스터들, 딱 그 정도의 속도?

눈에는 보였다. 그거면 충분하다.

한 방에 죽지는 않으리라. 그러면 도망쳐야지.

죽음을 각오했지만 기회가 생기면 사는 게 당연하니까.

퍽.

소리와 함께 인상이 절로 찌푸려지는 충격이 온몸을 강타한다. 고통은 없어도 까이는 체력 바가 상당히 거슬린다. 아마 바닥을 치지 않을까.

"……응?"

"……?"

그렇게 생각하고 확인한 순간, 의문사가 절로 터져 나왔다. 카르디안 역시 원치 않은 결과가 나왔는지 그 자리에서 굳었다. 내지른 주먹과 올린 가드는 분명 엄청난 충격음을 내며 마주했다.

하나 결과는 둘이 공통적으로 생각했던 것과는 조금 달랐다. 아니, 많이 달랐다.

"뭐야, 봐주는 거야?"

"……."

"아니겠지? 아니면 여자라서? 암컷 드래곤은 좀 약한가? 마법 특기?"

"……."

그 다른 결과는 1초 만에 한시민으로 하여금 인성을 꺼내 들게 만들기 충분했다. 제삼자가 들어도 기분이 나쁠 온갖 조롱을 쏟아낸다.

당연한 수순이다. 견적을 재는 순간 미래 또한 바뀌었기 때문.

'이길 수 있겠는데?'

한시민이 아공간에 넣었던 귀중품들을 주섬주섬 꺼내기 시작했다.

카르디안의 자존심은 하늘을 찔러 우주를 건너 마계에까지 도달할 정도로 높다.

태생이 대륙 먹이사슬의 최상위인 데다가 배운 자만의 자부심, 그리고 동족조차 멸시하며 변절할 정도의 자기애가 있기 때문.

그렇기에 인간들이 죽어라 몰려들어도 자존심을 버리지 않고 다른 몬스터들을 불러들이지 않았고 끝까지 먼저 꼬리를 말고 등을 보이는 모습은 자제했다.

하나 그건 어디까지나 목숨이 안전하다는 확신이 있었기 때문이다.

자존심도 살아 있어야 부릴 수 있는 것. 죽어 없어지면 높디높은 자존심 어디 쓰겠는가.

그걸 똑똑한 카르디안은 누구보다 잘 알고 있다. 그런 그녀가 지금 생명의 위협을 느끼고 있었다.

"……."

이 인간은 뭐지? 어떻게 막은 거지? 아니, 내가 약해진 건가? 그럴 리 없는데.

온갖 혼란이 찾아온다. 드래곤에겐 이례적인 일.

어떤 상황에서든 자신의 계산에서 쉽사리 일이 틀어지는

법이 없었는데.

고민은 길지 않았다. 한시민 역시 망설이지 않고 행동으로 옮기는 데엔 일가견이 있다.

훙!

망치가 그녀를 향해 내려온다.

피할까, 막을까.

혼란 속에서 그녀가 그래도 남아 있는 자존심을 꺼내 들었다.

그래, 잠깐 힘이 덜 들어간 거일 수도 있어. 아니면 이 인간은 무식하게 방어력만 강하든가.

섣부른 판단으로 자신의 힘을 깎아내리고 싶지 않았다. 고작 한 번의 공격이 막혔다고 꽁무니를 빼기엔 역시 갖고 있는 자존심이 드셌다.

쾅!

그렇게 또 한 번의 격돌이 일어났다.

망치와 카르디안의 가녀린 팔.

"큭."

결과는 달라지지 않았다.

카르디안이 옅은 신음을 흘렸다. 그녀는 유저와 달리 판타스틱 월드에서 살아가는 생명체다. 고통을 느끼고 통증을 호소한다.

단 두 번.

상반된 두 명의 반응만으로 결과는 이미 판가름 났다.

카르디안이 재빨리 다음 가능성을 점쳤다.

'도망칠 수 있을까?'

마나는 없다. 신체 능력도 눈앞의 인간이 미세하게나마 우세하다.

"자, 잠깐!"

전세가 역전됐다.

당연히 갑과 을도 바뀌었다.

"반! 반만 받겠다!"

"뭘?"

"내 보물들……."

"네 보물이 뭔데?"

"네놈이 가져간……."

"응? 내가 뭘 가져가?"

"……."

한시민이 팔짱을 끼고 짝다리를 짚은 채 귀를 후볐다.

드래곤이라고 긴장했더니 별거 아니잖아? 아니지, 인간 형태라 별로 안 센 건가?

정확히 아는 바가 없어 판단할 근거는 없지만 어찌 됐든 상황은 그에게 넘어왔다. 자연스럽게 협상 테이블에서 태도는 정반대가 될 수밖에.

“좋다. 내 특별히 1/3만 돌려받는 조건으로 인간 네게 레어의 보물들을 하사하겠노라.”

“즐.”

“지금은 비록 사정상 네놈을 처단하지 못하지만 내가 돌아가 마나만 회복한다면…….”

“뭐라고? 인간 하나 어찌 못 해서 부들거리는 찐따 용가리 말이라 안 들리는데?”

“……네 이놈!”

“뭠마!”

“이러고도 네가 무사할 것 같으냐!”

“응, 오래 살아야지. 개처럼 버는데.”

오래 살다마다. 벽에 똥칠할 때까지 살 예정인 한시민에겐 씨알도 먹히지 않는 저주다. 애초에 이런 식의 협박에 굴할 자였으면 여기까지 올라오지도 못했으리라.

황제 앞에서 빌빌거리며 눈치나 보다 지금쯤 어디 한적한 시골 마을에서 강화로 푼돈이나 벌고 있었겠지.

게다가 단 몇 시간이지만 드래곤과 마주하며 그녀에 대한 환상도 깨졌고 고정관념도 깨진 상태.

"그럼 좋다."

몇 번 찔러보다 견적이 안 나온다 싶은 카르디안이 한숨을 내쉬며 최후통첩을 내렸다.

"단 하나. 하나만 돌려다오."

애절한 눈빛. 지금까지의 위협이 아닌 부탁. 인간으로서 완벽한 아름다움을 가진 그녀의 눈빛은 남자라면 결코 피할 수 없을 정도로 매력적이었다. 저도 모르게 고개가 끄덕여질 만한 상황.

하나 한시민은 고개를 저었다. 단호하게.

이유는 하나였다.

"안 돼. 버릇 나빠져."

"……."

돌려주는 건 어려운 게 아니다. 어차피 전부 공짜로 얻은 것이고 돌려줌으로써 도둑놈의 타이틀을 벗는다면 마음 편히 아이템들을 처분할 수 있을 테니까.

하지만 그는 좀 더 먼 미래를 바라보고 있었다. 그를 위해 거절했다. 그러면서 미끼를 던졌다.

"뭔지 들어나 보자. 나한테 별로 필요 없는 거면 돌려줄 수도 있을 것 같은데."

너무 뻔한 미끼. 얍삽한 눈초리는 노골적으로 낚아보겠다는 의지를 표출하고 있었지만 급한 카르디안은 그런 걸 따질 겨를이 없었다.

“경매장에서 팔던 하트. 그것만 돌려다오. 내 모친의 유품이다.”

“오호, 그래?”

솔직한 고백에 한시민이 품에서 상자를 꺼내 들었다. 원래는 그가 유리한 고지를 잡은 순간 드래곤에게 다시 바가지를 씌워 되팔려 했는데 안 되겠네.

“갖고 싶어?”

끄덕.

“그럼 사인 하나만 하자.”

한시민이 이번엔 종이를 들이밀었다.

to be continued